海洋‧歷史與生命凝視

陳鴻逸——著

【總序】
不忘初心

李瑞騰

　　一些寫詩的人集結成為一個團體，是為「詩社」。「一些」是多少？沒有一個地方有規範；寫詩的人簡稱「詩人」，沒有證照，當然更不是一種職業；集結是一個什麼樣的概念？通常是有人起心動念，時機成熟就發起了，找一些朋友來參加，他們之間或有情誼，也可能理念相近，可以互相切磋詩藝，有時聚會聊天，東家長西家短的，然後他們可能會想辦一份詩刊，作為公共平臺，發表詩或者關於詩的意見，也開放給非社員投稿；看不順眼，或聽不下去，就可能論爭，有單挑，有打群架，總之熱鬧滾滾。

　　作為一個團體，詩社可能會有組織章程、同仁公約等，但也可能什麼都沒有，很多事說說也就決定了。因此就有人說，這是剛性的，那是柔性的；依我看，詩人的團體，都是柔性的，當然程度是會有所差別的。

　　「臺灣詩學季刊雜誌社」看起來是「雜誌社」，但其實是「詩社」，一開始辦了一個詩刊《臺灣詩學季刊》（出了四十期），後來多發展出《吹鼓吹詩論壇》，原來的那個季刊就轉型成《臺灣詩學學刊》。我曾說，這一社兩刊的形態，在臺灣是沒有過的；這幾

年，又致力於圖書出版，包括同仁詩集、選集、截句系列、詩論叢等，迄今已出版超過百本了。

根據白靈提供的資料，2021年有6本書出版（另有蘇紹連創立主編的吹鼓吹詩人叢書兩本，不計在內），包括截句詩系、同仁詩叢、臺灣詩學論叢，各有二本，略述如下：

截句推行幾年，已往境外擴展，往更年輕的世代扎根，也更日常化、生活化了。今年有二本：一是《斷章的另一種可能──截句雅和詩選》，由寧靜海・漫漁主編；一是白靈主編的《疫世界──2020~2021臉書截句選》。

「同仁詩叢」有蘇家立《詩人大擺爛》，自嘲嘲人，以雜文筆法面對詩壇及社會，暗含一種孤傲的情緒。另有白靈《瘟神占領的城市》，除了寫愛在瘟疫蔓延時，行旅各地的寫作，或長或短，皆極深刻；有一些詩作，有畫有影相伴；最值得注意的是原稿檔案，像行動藝術，詩人把詩完成的過程向讀者展示。兩本詩集，我各擬十問，讓作者回答，盼能幫助讀者更清楚認識詩人及其詩作。

「臺灣詩學詩論叢」，有同仁陳鴻逸的《海洋・歷史與生命凝視》，活躍於吹鼓吹詩論壇的這位青年學者，勤於筆耕，有詩文本細讀能力，亦擅組構綿密論述文本，特能進出詩人的詩世界。而來自香港的余境熹，以《五行裡的世界史──白靈新詩演義》獻給臺灣讀者，演義的真工夫是披文以入情，詩質之掌握是第一要義。

詩之為藝，語言是關鍵，從里巷歌謠之俚俗與迴環復沓，到講究聲律的「欲使宮羽相變，低昂互節，若前有浮聲，則後須切響」（《宋書・謝靈運傳論》），是詩人的素養和能力；一但集結成社，團隊的力量就必須凝聚，至於把力量放在哪裡？怎麼去運作？共識很重要，那正是集體的智慧。

臺灣詩學季刊社永不忘初心，不執著於一端，在應行可行之事務上，全力以赴。

目次

▎論鄭愁予詩歌中的海洋質素

摘要

　　鄭愁予，一個當代重要代表詩人，成名作品、先行研究不在少數，可見在臺灣詩壇與臺灣現代詩傳播史的重要位置。本文之思考仍以海洋質素橫勾書寫構成，能探析鄭愁予詩歌中的海洋書寫，審視詩人的關懷切入帶來的不同反思，一如鄭詩能否帶來更多空間書寫的想像推論、鄭承負的個體經驗、技藝的呈現，或海洋質素的描繪有其異質性，盼為詩人及其海洋詩學的建構，能有更多的論述基礎。

關鍵詞：海洋、鄭愁予、港、水手

一、前言

　　鄭愁予（本名鄭文韜，1933-），曾出版《夢土上》、《衣缽》、《燕人行》、《雪的可能》、《刺繡的歌謠》、《寂寞的人坐著看花》等詩集，與《鄭愁予詩選集》、《鄭愁予詩集Ⅰ：1951-1968》、《鄭愁予詩集Ⅱ：1969-1986》等選集。文學傳播當

中的評介項目，來自於文學閱讀群眾的數量、影響力，甚者是如何被看見，2012年《他們在島嶼寫作：文學大師系列電影》的《如霧起時》，即針對鄭愁予作主題式紀訪，其見端倪。然其對於一般讀者而言，莫過於國文學科多次入選其詩，影響了多數臺灣讀者。一個當代重要代表詩人，成名作品、先行研究不在少數，可見在臺灣詩壇與臺灣現代詩傳播史的重要位置。

過去研究及近來系統化聚焦者蔡宜芬《鄭愁予及其海洋詩研究》及「鄭愁予詩學論集」四冊，可見其研究豐富。[1]常見者不乏以抒情、生命體悟及人道關懷作切入點，如曾進豐言：鄭愁予詩作，廣闊而深層地表現社會的種種困境與光明良善，蘊含濃厚的人道精神。其人道情懷的生成，源於原生環境與自身經歷，兩者相互交乘，可謂詩人人道情懷之「奶與蜜之地」，蘊育並確立詩人往後數十年的精神信奉。[2]人道情懷幅射出鄭及其詩的社會關懷，自身經歷旁涉他者的憫懷之心。白靈則透過「遊與俠」切入詩人濃厚的鄉愁主題中，以為個人和群體基於地域相隔所生的「孤獨感」相較於承平時期的鄉愁必然更為深重，個人站在時代的浪頭上，對於「時空」之變動、不確定感、和可能去向的感知也必然極為敏銳，鄭愁予的「時空錯失感」是最嚴重的一位，也是第一位由臺灣二度流放出去的傑出詩人，其所產生的「雙重放逐」、「雙向投射」，深深影響他兩度流放的語言風格。童年到少年在大陸隨家人及學校遊走、少年到青年在臺灣隨詩人群和文友流盪、青年到壯年

---

[1]　先行研究的基礎上，近來系統化聚焦者當屬蕭蕭、白靈、羅任玲合力編著的「鄭愁予詩學論集」四冊，收錄了不少國內外學者的論著品述。本文相關討論，亦多從詩學論集四冊引述，特此說明。

[2]　曾進豐、陳瑩芝，〈人道詩魂鄭愁予〉，《臺灣詩學學刊》第22期（2013.11），頁67-68。

到老年在美國孤默而居，由此種失卻其最最想立足的「空間」（被動的「遊」），到不得不擁有「無特定年月」、也「無所不在的時間」，其借助文字書寫凝聚出的「孤獨感」和「時空知覺」必然迥異於其他詩人。[3]

　　而與本研究切合者，如孟樊、方群、蕭蕭等皆早有觸及。如方群〈鄭愁予詩作中的海與山〉特別整理出《鄭愁予詩集Ｉ：1951-1968》中海與山的詩作統計，發現寫山的比例遠多過於海，代表一方面鄭在山的題材書寫，有其運動員的精神傳承，另也認為鄭的海洋詩不僅來自於外在的生存環境，也源於內心觸動情愫的表達。[4]

　　至於孟樊〈鄭愁予的海洋詩〉將鄭的海洋詩系統化，幅射出主題、意象、分類、語言特徵等，構築了較具前瞻論述，例如「鄭愁予最常表現的主題是：鄉愁與愛情；另有少部分詩作則與人的寂寞的主題有關。不論與西洋（尤其是英美）或中國古典海洋詩相比，鄭愁予的海洋詩所呈現的主題都較為集中，顯得沒它們那麼多面（譬如缺乏自由奔放、開闊胸懷、流動神祕、挑戰與征服、孕育生命……的主題），這或與詩人早年的浪漫情懷有關。進一步言，鄭詩的浪漫情懷實又源出於他的浪子意識，而浪子意識形成他的流浪詩風，使得他早期的詩作主題呈顯出濃濃的「空間漂泊感」與「時間消逝感」；而這樣的浪子意識展現在他的海洋詩作上，則多集中為鄉愁與愛情的主題（外加「浪子的寂寞」）」。[5]語言特徵則以「一如鄭愁予早年大多數的詩作，他的海洋詩極為講究音樂性，節

---

[3]　白靈，〈遊與俠 ——鄭愁予詩中的遊俠精神與時空轉折〉，《愁予的傳奇：鄭愁予詩學論集3愁予的傳奇》（臺北市：萬卷樓，2013），頁124-125。
[4]　方群，〈鄭愁予詩作中的海與山〉，《愁予的傳奇：鄭愁予詩學論集4衣缽的傳遞》（臺北市：萬卷樓，2013），頁159。
[5]　孟樊，〈鄭愁予的海洋詩〉，《臺灣詩學學刊》第22期（2013.11），頁44。

奏多半流暢自然」[6]。

　　若說孟樊透過空間意象作為海洋詩載述，蕭蕭則以為鄭的海洋詩，雖有燈塔、沙灘、浪濤、海灣等自然景觀，卻是與人文現象、情感意涵互相對映與融合，且透過聲色兼呈之意象表現出獨特的美學。[7]種種看來論述似已完備，然而，本文之思考仍以海洋質素橫勾書寫構成，能更進一步地探析鄭愁予詩歌中的海洋書寫，審視詩人的關懷切入帶來的不同反思，一如鄭詩能否帶來更多空間書寫的想像推論、鄭承負的個體經驗、技藝的呈現，或海洋質素的描繪有其異質性，將是本文依次離析的要點，盼為詩人海洋詩學的建構，能有更多的論述基礎。

二、如何融成的海洋質素？

　　鄭的海洋詩，可上推於海洋文學的類型範圍，綜觀臺灣文學書寫與研究，「海洋文學」內涵相當廣泛，小說、散文與新詩各有可觀。但什麼是海洋文學？什麼樣的脈絡值得關注？如吳旻旻以為，自50-80年代「海洋」並不具有實質主體與類型化概念，反而只是「場景」和「意象」而已：

> 我們只要掃描一下多數作品，便不難理解：即使「海洋」作
> 為鄉土、寫實文學作品中的故事場景（如王拓《望海巷》描
> 寫漁村生活），或是現代主義作品裡的關鍵意象（如瘂弦

---

[6] 孟樊，〈鄭愁予的海洋詩〉，《臺灣詩學學刊》第22期（2013.11），頁53。

[7] 蕭蕭點出，把〈船長的獨步〉輯中詩作，加以比視，可以看到鄭愁予獨創的美學特質是經由聲色兼呈的意象而顯現。請參閱蕭蕭，〈臺灣海洋詩的美學特質〉，《臺灣詩學季刊》第29期（1999.12），頁32-33。

〈遠洋感覺〉），被前景化（foregrounding）的仍是鄉土文學裡的情感或是現代主義中的藝術性，「海洋」本身甚至成為注意焦點（focus of attention）。[8]

「海洋」成就藝術的景託、情感的依託，不賦予海洋真實的性格，像是不得不的需求，沒有了「海洋」作為敘事前沿，彷彿作家們在說虛構的故事，一個架構於虛構奇幻的世界之上，無所基礎憑藉。

此外，葉連鵬，就針對海洋文學提出廣義與狹義說法，廣義來說凡以海洋景觀、海洋生、海洋相關工作者描寫的作品，皆可稱之；若以狹義審視需展現海洋精神、生息與共的關係，方可稱之。[9]葉的說法基本上以「海洋」為主，但也適時融入相關質素，擴延了海洋文學的書寫範疇。林宗德則將範圍定義的更具主體思維：「必須以海洋為主要描述主體，皆可稱為海洋文學。其中含括生活、勞動、經驗、體驗、情感、思想、精神、知識等元素在內。」[10]從葉連鵬到林宗德，最大差異在於「海洋」具備了主體性格，並顯示出不同時代階段，海洋文學的論述有著不同的差異，海洋作為主體性格的意義，代表人們開始從人類中心退讓，讓海洋等屬之的自然躍居，使人與自然得以站在一視角與位階。

相較下，張錦德在《臺灣海洋文學研究（1950-2010）》裡提出，作品應具有海洋性，故海洋相關港口、海岸、漁村等具備海洋

---

[8]　吳旻旻，〈「海／岸」觀點：論臺灣海洋散文的發展性與特質〉，《海洋文化學刊》1期（2005.12），頁118。

[9]　葉連鵬，《臺灣當代海洋文學之研究》（桃園，中央大學中國文學系碩士班博士論文，2006），頁9。

[10]　林宗德，《消弭海／陸的界線——論廖鴻基作品中海洋文化的思想體系與美學實踐》（臺中：靜宜大學中國文學研究所碩士論文，2008），頁4。

生活經驗。「海洋生活經驗」是具有真實性的生活經驗、而非虛構性的經驗。同時，「海洋生活經驗」是指作者「長期涉入」海洋，觀察、凝視、記錄、感受海洋有別於陸地空間的各種特殊發展。[11] 簡單來說，張所謂的「海洋性」是經驗現象的透析，強調追求真實經驗的書寫，避免虛構的滲透與過度使用，也可以說張的說法是經驗的真實再現，海洋不是虛構的質素，反而賦予人們、作家最實在的一切。張的說法看似偏狹，卻在許多海洋文學作家作品中見其端倪，例如夏曼・藍波安、廖鴻基就是以身體體驗海洋以致書寫海洋的過程。[12]從認同、重構主體再到身體實踐的辯證歷程，[13]使兩人的文章既有深度展現、理念批判。因為對於夏曼・藍波安、廖鴻基來說，觸碰海洋就是他們生命歷程的側面寫照，海洋中的「認同」課題以及重構的主體同時顯現並置。[14]

那麼歸屬於海洋文學分類下的海洋詩呢？余光中為朱學恕與汪啟疆合編的《二十世紀海洋詩精品賞析選集》的序寫到：「甚麼是海洋詩呢？這名詞頗難界定。如果說，以海洋為主題而正面寫海的詩，才算是海洋詩，那這本選集裡有不少詩都不合格。許多詩其實寫的是人，而以海洋為其背景；或是以人情、人事為主體，而以海洋為襯托，為比喻；或是出入於虛實之間，寫岸上人思念海上人，

---

[11] 張錦德，《臺灣海洋文學研究（1950-2010）》（臺北：中國文化大學中國文學系博士論文，2016），頁17。

[12] 王國安，〈殊途同歸：試論夏曼・藍波安與廖鴻基海洋書寫的異同〉，《高雄海洋科大學報》23期（2008.12），頁122-123。

[13] 王國安認為這涉及選擇了「現代性」作為檢討對象，也顯出原／漢之間對「現代性」來源的衝突。王國安，〈殊途同歸：試論夏曼・藍波安與廖鴻基海洋書寫的異同〉，《高雄海洋科大學報》23期（2008.12），頁123。

[14] 王國安，〈殊途同歸：試論夏曼・藍波安與廖鴻基海洋書寫的異同〉，《高雄海洋科大學報》23期（2008.12），頁122-123。

或海上人思念岸上人；或是寫海陸之間的特殊空間：海岸。[15]

對此，孟樊一方面認為「屬於海洋文學一環的海洋詩，其指涉層面亦極為廣泛，廣義而言，它實係涵蓋了海景、港岸、航海、水族，乃至於海洋生態書寫等」[16]另一方面則點出，詩人所運用之意象通常來自詩作所涉及之題材，題材廣泛，意象也就能多采多姿。[17]

上述幾種說法，孟界義的海洋詩大致上並未更動海洋文學融攝範圍，因為呈現海洋景致既屬於海洋詩也屬於海洋文學，同時孟也觀察到鄭的海洋詩有特別著墨與較少論及的類型。但僅止於此嗎？回顧1951年的〈老水手〉開始，方群以為「從臺灣在出發的起點也可以看成創作海洋系列的濫觴，當然更標誌了詩人未來發展的可能。」[18]可鄭的海洋詩除了抒情、海洋景致與生命經驗外，應是一種對於空間主體的重新構築，或者說是空間主體呈現了海洋質素的容縮特性，反過來說，也可視為海洋質素呈現在「人」、「海洋世

---

[15] 余光中，〈總序〉，《二十世紀海洋詩精品賞析選集》（臺北縣：詩藝文，2002），頁25。

[16] 孟樊，〈鄭愁予的海洋詩〉，《臺灣詩學學刊》第22期（2013.11），頁36。

[17] 按李若鶯對臺灣現代詩海洋意象的研究，海洋詩涉及的相關題材包括：海邊景物、海民及其生活、海的物產、海面景物、海戰，以及海濱的情愫，並由這些題材，以做為海洋意象的展現。從余光中的界義來看鄭愁予的海洋詩，可以發現它幾乎不從正面來描寫海，類如這樣的詩句：「熱帶的海面如鏡如冰」（〈船長的獨步〉）、「金光金光萬指／波濤波濤千掌」（〈金山灣遠眺〉）、「我們從遠方踏著中國海的波來／兩腳染了浪漫的南方藍」（〈浪漫新加坡〉）、「星星在水面滑行／也許是魚的眼睛」（〈夜船行〉）觸及海洋本身的意象者，可謂少之又少。大體上，鄭愁予的海洋詩敘寫的有海邊景物（海岸、沙灘、燈塔、碼頭……）、海的物產（珊瑚、貝殼、魚）、海面景物（海浪、船舵、鷗鳥、海豹），亦涉及李若鶯所歸納的「海濱的情愫」（如〈小小的島〉一詩的起頭兩行：「你住的小小的島我正思念／那兒屬於熱帶，屬於青春的國度」）；至於「海民及其生活」與「海戰」這兩類題材及其意象，則未見之於鄭氏的海洋詩作中。孟樊，〈鄭愁予的海洋詩〉，《臺灣詩學學刊》第22期（2013.11），頁38。

[18] 方群，〈鄭愁予詩作中的海與山〉，《愁予的傳奇：鄭愁予詩學論集4衣缽的傳遞》（臺北市：萬卷樓，2013），頁156。

界」反覆折疊／展演的空間主體內。

　　人作為空間主體是建立於存在的意義，在海德格（Martin Heidegger,1889-1976）手上存在與時間是相互融結與競合的關係，存在是對於時間的緬懷、吸引與生命意義的實現。不可忽略的是存在還佔據著空間，人對於時間的憑念仰賴於空間的禮遇，時間與空間的交點賦予人們存在顯現的關鍵。因此，人作為空間主體是建立於存在的意義，藉由移動、活動，而不斷地面臨著空間展示。其次，人作為空間主體亦被聯結在殊異的能動行為，或者說是如何呈現出海洋質素的行動聯結，便是在於鄭曾經作為職業與海洋的繫聯關係，致使他的行動（包含著書寫）適度地呈現出對於海洋的理解、嚮住甚至是密不可分的互為主體，亦即面對現象世界的理解歷程。再者，存在與空間的對話，即在透海洋質素，容納離散的生命狀態，鄭的海洋詩不僅僅表述海洋，而是展現了生命與其聯結的「源點」。

　　至於海洋世界則是海洋空間的容縮性格，空間論述如白靈就曾談論過，以「遊」與「俠」當作時空底下的逸逃敘事，由於鄭童年、青年離走家鄉，再到美國卻不得回的孤獨感，無不影響了鄭詩的語言風格，尤以空間離返的悲淒，成為了「浪子意識」與「情俠情懷」的面貌。[19]個人以為逃逸敘事，也恰符合鄭海洋詩中擅寫的「遊走」與「暫穩」的空間媒介，緊閉壓迫的時代氛圍下，陸地以外的世界，從海洋延伸而去，冒險刺激加上兇險詭異的未知，可也帶來了一部分探索新奇的盼望。

　　人、海洋世界作為空間主體的實質呈現，也適度地反應於書

---

[19]　白靈，〈遊與俠——鄭愁予詩中的遊俠精神與時空轉折〉，《愁予的傳奇：鄭愁予詩學論集3愁予的傳奇》（臺北市：萬卷樓，2013），頁124-125。

寫當，鄭的海洋詩是文本世界的建構，故詩載現了生命與海洋的對話，為承載海洋質素而建立了基石，至於何以展演於此，在下節續論。

三、海洋詩中的殊異展演

前述何以融雜海洋質素，以人與海洋世界作為空間主體的概念，呈現了複雜的面向、展演行動及內容：身體經驗的展示、歷史感的敘事構成、異質的觸點。

身體經驗的展示，除了人得以存在的現象反應外，亦聯結到海洋的職業技藝，例如廖鴻基、夏曼‧藍波安的捕魚出海便是，鄭亦然，他選擇在基隆工作，是實現詩藝與技藝的絕佳時機，也由於緊臨於海洋的工作，造養成身體經驗的再蛻化、記憶的深化與重組，同時不斷地灌注於詩作當中。也或許基隆的工作與生活經驗，從山海兼具的基隆往遠而去，投射出對於視域的延伸；其次，歷史感的敘事構成，是鄭從小至大的各種經驗與記憶構成，「1968年應邀赴美，1970年代美國華裔留學生興起愛國保釣運動，鄭愁予被推為愛荷華保釣會主席，卻因此一度被註銷中華民國護照，被拒返臺。滯美11年，念書、工作，妻子兒女也都赴美定居，直到父親過世，詩人瘂弦四處奔走，才得到「暫准回國」的特別許可，回臺奔喪。從大陸到臺灣，再從臺灣到美國，鄭愁予的浪子意識未曾減弱。空間的漂泊、時間的流逝，以及各國文化、人情差異，都對詩人造成不小的衝擊。在國外，目睹許多流血革命、激烈抗爭的殘餘現場，了解到世界各地的人民在面對獨裁與民主對決之時，是如何奮不顧

身捍衛自由，反觀自己國家，油然生發萬千悲慨。」[20]書寫的過程中，因歷史、社會、國族意識、政治造成的離散移返，歷史記憶的積累，使得鄭的海洋詩覆含著流動、變動、逝去甚至不安。鄭的歷史感被架築當時時代背景的政治因素，從大歷史的變動實質影響了個人的生命經驗，因而海洋的想像頓時夾雜了政治的強烈介入，海洋無語卻實質地沉澱在詩的詞語書寫間。

最後，異質的觸點乃指海洋詩中常出現的符碼象徵，卻也是鄭詩的特殊亮點。「港」是個異質性的觸點，陸地（島）—海岸（港口—人—船）—海洋（—陸地），港口是黏附於海岸的「化外之物」，卻也似一種縫合物，以異質性的存在接合著陸與海，拔立於海岸之上，一旦設置港口除了運送貨物、人員之外，也賦予許多特殊想像，例如《寂寞的人坐著看花》裡的〈靜的要碎的漁港〉、〈在渡中〉詩中不時出現港口、碼頭的象徵物出現：

起音演奏

浪花竟輕輕推拒

因之我們拋卻所有的欲念

如海天只餘下藍

只餘下藍的大舞臺占滿空洞的演奏場

我們坐在甲板

讓椅子空置

我們敞懷的坐姿亦如空置的椅子

鷗鳥終不入懷

---

[20] 曾進豐、陳瑩芝，〈人道詩魂鄭愁予〉，《臺灣詩學學刊》第22期（2013.11），頁71。

劇場明亮
渡船仍是一團樂隊
為演奏卻不為
行進
　旅人終要
是著自己登岸
而所謂岸是另一條船舷
天海終是無渡
這些情節
　序曲早就演奏過[21]

　　〈在渡中〉一方面是水手形象的反覆操演，卻也帶著無比傷感。岸何在？是海之岸也是人生彼岸，終有個結束嗎？或是另一趟啟航。演奏著序曲，像是找不到結尾般續吟，「在」亦是永在、也是苦在。〈在渡中〉一方面投演出水手看見的視域，一方面將「渡船」、「岸」賦予深沉的人生境語，在陸地與海洋的中界遊走，若不可得不靠邊，是否只能離返在海洋的無邊無際，是否只能陷入人生的苦難當中。

　　相似地，孟樊探究鄭的「港」與「島」，發覺他極少描寫海洋本身的景致，較常投注於「港」與「島」，也就是從海的一端審視陸地、島嶼。鄭觀看視角往往是從海上的角度出發（海→陸），很少自陸地（海港、海岸、海灣）來描寫海洋本身（陸→海）；而與此相連結的是，詩中人從海上歸來的行動，如〈老水手〉中的老水

21　鄭愁予，〈在渡中〉，《寂寞的人坐著看花》（臺北市：洪範，1993），頁16-17。

手「上岸來了」等等，所以他寫港與島，視角多是從海至陸的角度出發。[22]再者，港口附夾的就是水手、船長在鄭詩裡大量出現，如名篇〈船長的獨步〉：

> 月兒上了，船長，你向南走去／影子落在右方，你只好看齊／七洋的風雨送一葉曉帆歸泊／但哪兒是您底「我」呀／昔日的紅衫子已淡，昔日的笑聲不在／而今日的腰刀已成鈍錯了／一九五三，八月十五日，基隆港的日記／熱帶的海面如靜如冰／若非夜鳥翅聲的驚醒／船長，你必向北方的故鄉滑去……[23]

　　裡頭基隆港的繪製，正是生活經驗的一部分，鄭曾自述：「我喜歡航海，十歲左右正好很想觀察事情的時候，是敏感的年齡，從上海坐船到青島，從青島到天津，給我很深刻的印象一直存在記憶哩，後來寫詩的時候，那種經驗又回來了……。」後來「我大學畢業，就業考試及格之後，分發職業，同學都要求到臺北金融機關，只有我填了個基隆港，是當年唯一申請到海港工作的，這是因為浪漫主義思想。」[24]其實歷來水手形象者不在少數，例如拾虹，[25]或也如楊牧所言，水手便被鄭佔有了。[26]

22　孟樊，〈鄭愁予的海洋詩〉，《臺灣詩學學刊》第22期（2013.11），頁39-40。
23　鄭愁予，〈船長的獨步〉，《鄭愁予詩集Ⅰ》二版（臺北市：洪範，2003），頁7。
24　丘彥明、簡媜、李兆琦，〈井邊的談話——鄭愁予、齊豫詩歌對談〉，《聯合報·副刊》，1985年5月25日，第8版。
25　例如冷芸樺的《戰後基隆文學發展之研究》就以拾虹、林建隆作為基隆戰後海洋文學中的詩人代表，基隆港口與水手形象，都成為詩人重要的書寫對象。
26　一般最常聽之，楊牧所述：鄭愁予發表「十一個新作品」，包括「島谷」、「貝勒維爾」、「水手刀」和「船長的獨步」，從此水手變成愁予的專利。請參閱楊牧，〈鄭愁予傳奇〉，《幼獅文藝》第38卷3期（1973.09），頁25。

小結來說，海洋質素是界定海洋詩要點之一，鄭突顯出的不僅僅在那裡的海洋質素，還夾含持帶著獨有的性格與經驗，而成就了所見所知的海洋詩代表人物。

四、何以定錨？座標面的構成

　　置放於現代詩史座標，融入了海洋概念，該如何構其海洋詩的軸線脈絡，那麼該如何審視鄭海洋詩（甚或海洋文學）的座標軸呢？嚴格上來說，雖然水手之譽緊密地與鄭相繫，卻只佔他詩作的極少部分，何以稱其海洋詩的成就呢？統合前面，鄭的海洋詩有著幾點殊異性格：離返的歷史經驗、技藝與詩藝互應、異質元素的接合，使得鄭的海洋詩源生於海洋，卻有著一種與海洋保持距離的悖離性，在離與返間，海洋成了生命過渡的橋樑，卻不是實質地終點，若即若離的反覆取捨，正是海浪襲捲而來的不確定，生命的穩定成了一種追求。

　　離返的歷史經驗從中國至臺灣，從臺灣到美國的幾度離返，是對自身源點的剝離，離返聚凝的鄉愁、懷想與不可得，投射山在海洋詩裡的漂泊感，海洋的廣邊無際，是自由卻也是無所憑的懼想。[27]如白靈所述，鄭詩內部精神裡的「逃」，對於時局、戰爭、慌亂甚或時間的避逃，使得詩人欲藉由掙脫時空的拘限顯現於空間的布置上。[28]一如部分來臺後的詩人一般，時代所逼，故逃入海、逃入山、逃入歷史文物、逃入靜、逃入「性」等「逃避心態」的

---

[27] 白靈，〈遊與俠──鄭愁予詩中的遊俠精神與時空轉折〉，《愁予的傳奇：鄭愁予詩學論集3愁予的傳奇》（臺北市：萬卷樓，2013），頁124-125。
[28] 白靈，〈遊與俠──鄭愁予詩中的遊俠精神與時空轉折〉，《愁予的傳奇：鄭愁予詩學論集3愁予的傳奇》（臺北市：萬卷樓，2013），頁134-135。

「逃避」。[29]離返的歷史經驗造就出鄭的海洋詩，是帶有漂泊感、移動性與生命何以安頓的質問，並不如其他海洋詩的書寫，呈現出以陸觀海，或以海為主體的安穩狀態。[30]

而技藝與詩藝，互應於鄭的童年經驗、離返經驗、在基隆的工作經驗，使得他轉化出身體技藝回應於詩的創作，變成了「實作」而非空想。也可以說鄭的海洋詩的創發，是帶有真實體驗與歷史故事的，這與汪啟疆等人的海洋詩是有差異的。

最後則是異質元素的接合，簡言之是異於其他詩人大量著墨於港口、水手意象的鋪造，雖然歷來不少詩人也曾書寫港口、水手等形象，卻沒有一位號稱海洋詩人如鄭，構設出「專屬的港口」、「孤獨的船長」、「吟嘆的水手」，這些海洋元素的運用，頓然成為了鄭的海洋詩特色；或如舟、船的意象，因為有港口、碼頭的出現，方會連帶地出現舟、船，如前面的〈在渡中〉，不時顯現著漂泊感，正是詩人孤獨意識的自然流露。[31]「鄉愁」意識，不僅在於「懷鄉」，還有著探尋離返何處的擲問，流浪看似無所目的，卻隱然是身心靈在移動過程的重組與自我對話，故由此引發的孤獨感在其詩作中可找到很多印證。[32]

---

[29] 白靈，〈遊與俠——鄭愁予詩中的遊俠精神與時空轉折〉，《愁予的傳奇：鄭愁予詩學論集3愁予的傳奇》（臺北市：萬卷樓，2013），頁134-135。

[30] 這裡的安穩是指著身心靈的安頓平和，然如前面章節所談，鄭筆下的海洋是一種「暫穩」的構成，隨時可能有所轉變更迭的勢態。

[31] 在自述「流浪」情懷及「流浪」生涯時，鄭愁予曾言：「我一九三三年生於北方，十四歲開始寫詩。……一九四九年隨家人遷往臺灣，路上居留過武漢、長沙、衡陽、桂林等地……流浪的情懷，就是從那時候形成的。因為我的童年始於戰亂，在抗戰與內戰中成長，所以我的生活體驗可說是得自流浪。……我覺得人的一生基本上就是整個流浪的過程，所以我常常覺得我本來就是在宇宙中流浪，不過現在是在地球上流浪而已。我很小的時候就有這種感覺。」請參閱史言，〈沮喪與孤獨的色彩空間——聞一多、鄭愁予詩歌「黑」、「白」特質下的孤獨感研究〉，《愁予的傳奇：鄭愁予詩學論集3愁予的傳奇》（臺北市：萬卷樓，2013），頁213-214。

[32] 史言，〈沮喪與孤獨的色彩空間——聞一多、鄭愁予詩歌「黑」、「白」特質下的

上述三點殊異性格的展現，雖可在不同的詩人、詩作中窺見，卻不見得會完全聚合於單一個體，使得鄭的海洋詩雖非全部詩作的主力，卻溢散出許多的討論對話，奠立了鄭之海洋詩獨特地位，成就了海洋文學系譜中的一支。

五、結語

　　鄭愁予詩作鋪佔了許許多多讀者的閱讀領域，詩之內涵往往是重要因素，鄭詩富含的柔情、探索生命意義等，都在在成為研究者探析的寶庫。本文切入角度仍從鄭詩形構的空間主體，疊合出海洋、詩作複構概念，進而離析異於其他海洋詩作，從港口、舟船的鮮明象徵，擴幅於海洋符碼多重演化，於是連結了陸／海間的演繹軸線，港口意象反覆的出現，似為陸地面向海洋的接口觸點，輸出亦是輸入，是異質化的觸點，縫合／折合兩者。其次，透過工作職業的經驗，展示出貼近於海洋的技藝／記憶，彌足珍貴的經驗，帶領著視域的延伸，海洋得以被想像、被探索、被擁抱的，海洋波浪潮語代替了詩人訴說內心點滴，海洋成生了生命存在的展演境區，生命由於展演出時間也座落出必要的空間。更由於職業選擇、離返的各種經驗，都使得鄭詩內的海洋承載歷史重量，也就是書寫是一趟歷史感的敘事構成。

　　整體而言，鄭詩代表了海洋詩的多元內涵，也代表了海洋詩不僅只是寫景抒情，也是必須是對於自我生命歷程的拆解、理解與和解。故何以定錨？座標構成？鄭詩異於他者的定位，是離返經驗、

孤獨感研究〉，《愁予的傳奇：鄭愁予詩學論集3愁予的傳奇》（臺北市：萬卷樓，2013），頁213-214。

技藝的訓練、職涯的選擇等等因素複構而成。接近一點的說，鄭的海洋詩有著「空間換時間」的取向，時間逝流不已，空間則成為此生存在的布建場所，海洋帶離了詩人部分生命，也開展了廣闊的視域想像，書寫於焉而至，這便是詩的藝也是詩的憶。

六、參考書目

（一）專書

白靈、蕭蕭、羅任玲編者，《愁予的傳奇：鄭愁予詩學論集1錯誤的驚喜》（臺北市：萬卷樓，2013）。

白靈、蕭蕭、羅任玲編者，《愁予的傳奇：鄭愁予詩學論集2無常的覺知》（臺北市：萬卷樓，2013）。

白靈、蕭蕭、羅任玲編者，《愁予的傳奇：鄭愁予詩學論集3愁予的傳奇》（臺北市：萬卷樓，2013）。

白靈、蕭蕭、羅任玲編者，《愁予的傳奇：鄭愁予詩學論集4衣鉢的傳遞》（臺北市：萬卷樓，2013）。

朱學恕、汪啟疆主編，《二十世紀海洋詩精品賞析選集》（臺北縣：詩藝文，2002）。

陳家帶，《人工夜鶯》（臺北：書林，2011）。

鄭愁予，《寂寞的人坐著看花》（臺北市：洪範，1993）。

鄭愁予，《鄭愁予詩集 I 1951~1968》二版（臺北市：洪範，2003）。

鄭愁予，《鄭愁予詩集 II 1969~1986》初版（臺北市：洪範，2004）。

（二）期刊論文

王國安，〈殊途同歸：試論夏曼・藍波安與廖鴻基海洋書寫的異同〉，《高雄海洋科大學報》23期（2008.12），頁120-139。

吳旻旻，〈「海／岸」觀點：論臺灣海洋散文的發展性與特質〉，
《海洋文化學刊》1期（2005.12），頁117-145。

孟樊：〈鄭愁予的海洋詩〉，《臺灣詩學學刊》第２２期
（2013.11），頁33-62。

曾進豐、陳瑩芝：〈人道詩魂鄭愁予〉，《臺灣詩學學刊》第22期
（2013.11），頁63-94。

楊牧，〈鄭愁予傳奇〉，《幼獅文藝》第38卷3期（1973.09），頁
18-42。

蕭蕭，〈臺灣海洋詩的美學特質〉，《臺灣詩學季刊》第29期
（1999.12），頁27-44。

（三）碩博士論文

冷芸樺，《戰後基隆文學發展之研究》（臺北：淡江大學中國文學
系碩士在職專班碩士論文，2004）。

林宗德，《消弭海／陸的界線──論廖鴻基作品中海洋文化的思想
體系與美學實踐》（臺中：靜宜大學中國文學研究所碩士論
文，2008）。

張錦德，《臺灣海洋文學研究（1950-2010）》（臺北：中國文化大
學中國文學系博士論文，2016）。

葉連鵬，《臺灣當代海洋文學之研究》（桃園，中央大學中國文學
系碩士班博士論文，2006）。

（四）報刊雜誌

瘂弦，〈兩岸蘆花白故鄉──詩人鄭愁予的創作世界〉，《聯合
報》，1979年5月27日-28日。

丘彥明、簡媜、李兆琦，〈井邊的談話──鄭愁予、齊豫詩歌對談〉，《聯合報・副刊》，1985年5月25日，第8版。

原文〈何以定錨？座標構成？試論鄭愁予詩歌中的海洋質素〉發表於國立彰化師範大學（2019年5月24日），舉辦之第28屆詩學會議──「詩歌與海洋」學術研討會暨海洋與文學座談會。

軍人・國度・流體的生命視角
——以汪啟疆的《臺灣海峽與稻穀之舞》為例

摘要

　　江啟疆，身兼軍人和詩人兩種身分，也是少數專注於海洋詩的代表詩人。詩人不僅僅單獨以「海洋」為詩作的背景、主題，更因為他軍職的特殊位置和視角，將觸角延伸到對社會、國家的反思。本文期望藉由對詩人汪啟疆的詩作的分析，試圖找尋汪啟疆的書寫軌跡、國族思維的轉變，推演出詩人的書寫姿態，拓延相關研究。

關鍵字：軍人、汪啟疆、海洋、詩、文學

一、前言

　　江啟疆（1944-），籍貫湖北漢口。身兼軍人和詩人兩種身分，故又有人稱他為「將軍詩人」。在現代詩的發展思潮當中，汪啟疆可算是少數專注於「海洋詩」的代表詩人。著有詩集《臺灣海峽與稻穀之舞》（2005）、《海上的狩獵季節》（1995）、《海洋姓氏》（1990）、《夢中之河》（1979）等。曾獲時報文學獎、國

家文藝金像獎、高雄市文藝獎等。從《海洋姓氏》到《臺灣海峽與稻穀之舞》等的作品，詩人不僅僅單獨以「海洋」為詩作的背景、主題，更因為他軍職的特殊位置和視角，將觸角延伸到對社會、國家的反思與批判當中，並將自身所見所想的課題，融雜書寫當中。

在臺灣文學的創作及研究場域中，「海洋文學」的內涵與含攝性亦相對地廣泛與具有深度。然而在相關的海洋文學的文類研究上，多以小說、散文為主要的關注點，其中雖亦涉及現代詩的討論，其篇幅卻相形較少。本文期望透過詩人汪啟疆的書寫，來拓展海洋文學中的現代詩研究。在相關的研究中，朱美黛的《汪啟疆新詩研究》是少數專一探討汪啟疆的碩士論文，朱美黛透過文獻的收集、生平的對比，構築了汪啟疆創作的系譜與相關題，可謂先行研究中較為可觀的資料。至於葉連鵬的《臺灣當代海洋文學之研究》、吳韶純《臺灣現代海洋文學研究》等文，都透過「臺灣海洋文學」的大範疇論及汪啟疆，文獻考察上則有明顯區隔。

相較之下，簡政珍的〈波浪翻騰裡的人心──評汪啟疆詩集《臺灣海峽與稻穀之舞》〉、張默的〈怎樣揉捏詩的藍土壤──汪啟疆「人魚海岸」閱讀札記〉、蘇紹連的〈走進汪啟疆的創作房間──讀江啟疆最新詩集「人魚海岸」〉、林燿德的〈將軍的版圖──評汪啟疆將軍《海上的狩獵季節》〉等單篇期刊論文，透過精讀勾勒出詩人詩集的特色與視野。

先行研究關於詩人的詩集及書寫內容已有一定的著墨，然從歷史情境、生命敘事的角度出發者，似乎略嫌薄弱。對此，本文一方面除希望填補海洋文學的研究之外，另一方面也期望藉由對詩人詩作分析，找尋詩人對於「海洋」的情感與相處模式，如何反映在他的書寫思維當中，因為可以了解到的是，海洋確實對詩人產生了

莫大的影響，甚而引領他們走入成長歷程、哲學思維與生命圖像當中。對此，本文試圖找尋汪啟疆的生命軌跡、國族思維的轉變，並統整其詩作的特色和敘事視角，推演出詩人的反思態度和書寫動能，進而建構詩人的書寫系譜與精神圖像，拓延海洋文學的深度與廣度。

二、踏上詩海的航行者

　　一般研究多將汪啟疆視為海洋文學（或海洋詩）的代表作者，有趣的是，從詩人早期的詩集《夢中之河》來看，並未顯現「海洋」的元素，因為在《夢中之河》看到的，還是屬於一種繼承父之言的悼念與懷鄉，例如〈故鄉〉、〈懷鄉日〉、〈故土〉等即是表現出對於中國故土的思念，這與後來研究者、詩人對其稱「海洋詩人」其實是有些許落差；相對地，若說完全沒有展現海洋元素，那也不盡然，較為接近後來海洋詩之原型的，大概就以〈僑地接艦——記遼陽軍艦〉、〈海邊〉為主，例如〈僑地接艦〉裡頭描述著在1973年5月在聖地牙哥去迎接軍艦，並命名為「遼陽」的過程。充分展現了海軍在當時的盛威壯容，與身為海軍的驕傲。

　　將「海洋」視為主要的書寫題材，則是到了後來的《海上的狩獵季節》、《海洋姓氏》才有大幅度的開展、推進。這或許跟他自身的軍旅、婚姻生活有一定程度關聯。使得他開始思索海洋的意義，以及他如何詮釋「海洋」這個奇特又繁複的符碼。對此，或可從一段話得知：

　　　　海，是地球第一個名字。最初的航海者不知道地球，也不俱

有這個稱呼。他們認為是海水湧盪且延連於天涯；以海作為最初對這大地外的替代詞，是遙遠與歸回的原意。而這也就是我個人在艦船上的經歷體認。[33]

顯見他對海洋的理解、迷戀與書寫的起始點，來自他航海的體認，因為他進入了航海的軌道，身為海軍的職責、機遇成就了他得以看到不同於「陸地」的世界，一個只有航行者才能夠有的深切體會。使得他的記憶從陸地轉換成了海洋，海上的一切成為他記憶結晶體內所折射的閃閃光芒，例如〈記憶〉：

抓一個記憶如關門抓一隻貓／尖叫、嚙咬、爪痕、掙扎、喘息
毛絨如絲綢薄而透明的咪唔／每滴汗都帶了傷的／過程。

在愛欲的牙與舌頭的波浪中／生活的一段時日。

在海上。[34]

「記憶」究竟是什麼樣子？是由「尖叫、嚙咬、爪痕、掙扎、喘息」而來，這代表了記憶並不是美好、安靜及沉穩的狀態，這就像是人生的路途，總不是安順的。對一般人如此，對於身處危險不定的軍人、航行者又何嘗不是！而這並不是陸岸的人們所能理解的，一切都歸於「海」的洗淘與鑄造。

除記憶外，島嶼的依存才是詩人最深的羈絆，像〈巴士海峽〉

---

[33] 汪啟疆，《臺灣海峽與稻穀之舞》（臺北：黎明文化出版社，2005），頁196。
[34] 汪啟疆，《臺灣海峽與稻穀之舞》（臺北：黎明文化出版社，2005），頁82。

中所描述的，即是一種在海的彼岸，連繫著詩人的此岸：

我們美麗島嶼／湧現花邊婚紗的喜悅；我們被魚誘引了。

那麼大的藍，展開又展開／遠遠和雲融在一起。船靜靜曳著
島嶼／向巴士海峽青甘蔗地鑽入，船上是一群／臺灣的心，
啃咬著屏東發甜的土地。／巴士海峽，夜裡有田鼠啃嚙甘蔗
根的夢／發自我們做夢的牙齒間。

（中略）

我們全是土壤／臺灣島嶼捏的。我們駛入魚和星中間／藉無
線電，天天回家。[35]

　　名為「巴士海峽」卻是在描寫臺灣島嶼對於詩人的重要性，符
合張默所述：

啟疆曾經長年風風雨雨生活在海上，是故他對海洋的觀察體
驗與感受，自與一般人不同。他的確是把廣大無邊的海當作
自己的母親、老友、妻子或兒女，海更是他心靈的「藍土
壤」，日常生活的「鏡子」，以及身邊的「童話書」……。[36]

---

[35] 汪啟疆，《臺灣海峽與稻穀之舞》（臺北：黎明文化出版社，2005），頁147-148。
[36] 張默，〈怎樣揉捏詩的藍土壤──汪啟疆「人魚海岸」閱讀札記〉，《創世紀詩雜誌》121期（1999.12），頁231。

張默點出了詩人詩中那個海／陸的雙重性格，海洋像是發想的夢，有著無邊無際及各種的可能，但島嶼的存在卻是夢的基點，或說是「夢工廠」，一個提供做夢的基地、材料行甚至是出入口。

　　正因為如此，使得詩人的海洋詩並不是毫無節制的，更不是不著邊際的幻想。在詩人精神底蘊中，陸地與海洋共織了詩人最繽紛的地圖，能夠找到大寶藏的地圖，一個引領詩人進入海洋世界的地標與歸返的港口。

三、流體生命的生成

　　有人認為，張啟疆的海洋詩是自覃子豪、朱學恕以降，另一個「海洋詩」的承續者、開拓者，其靈感來源，則成就於他多重的身分、生活的點滴。蕭蕭曾在〈波浪的故事，時間的童謠〉一文中指出：「軍人的堅韌，海的變幻，詩人的想像，三者如何去冶煉、鍛燒？如何去熔接、陶鑄？一個詩人的深情、細緻，一大片海洋的孤寂、野性，一個海軍的重任、嚴謹，三者之間又該如何調適？以這樣的外在條件，觀諸他豐富的海上生活經驗，不難瞭解他創作其實就是生活、工作的再現。」[37]

　　從江啟疆一系列的作品來看，汪啟疆的生命歷程，是他個人故事，加上戰後來臺移民的縮影。從他書寫的中國圖像、父親的印象再到他從軍的歷程，海洋已不是海洋，海洋並不是純然的「水」，而是一股與詩人情感結構相融涉的「流體」，這裡所謂的「流體」是如同川流不息的河流，隨時保有動態的能量，也保有寬縮的自由

---

[37] 蕭蕭，〈波浪的故事，時間的童謠——汪啟疆〈夢幻航行〉賞析〉，《中國海洋文學大系：二十世紀海洋詩精品賞析選集》（台北：詩藝文出版社，2002），頁433。

向度。他的生命歷程使他免於僵固、固態化，卻保有極大的容納量與反應，亦即他的生命並不是一條直線的歷史，也不是一個固體的狀態，而是伴隨著父親的苦難、中華民國（臺灣）的風雨飄搖，再加上自己熟化的歷史視域，使他有著流體般的生命動能，從年輕得以茁壯至成人，以下就先以發表於1975年的〈馬公潮水〉為例：

> 步履如水淹來……／海浪自額上升起／白皓皓的，白皓皓的／浪老了。年輕的海來訪過他／手掌按上／那名姓斑剝某先生的／頭顱　探探熱度／就退走了

> 某某祇剩這頭顱露著／大地硬被扯上身來／身軀冰冷／世界是否發燙？／守墳的紙人看著海來／又看著海去／我怎麼懂得這潮水來去？在這墳頭／我揉揉才三十歲的額。[38]

　　三十歲的詩人，軍旅的磨練，使他從生死交關的潮浪中，探見了生命的不可預測。當生被襲捲在無情的海濤中時，究竟還剩下什麼，低鳴的不只是守墳的人，還有海浪捲成的黑闇與深淵。或是類似的事物太多，也或許得知海洋的不可測，逼使詩人低沉地思考，究竟人生要走向何處？人生所要追求的又是什麼？一如〈波濤〉中不斷往前的呼喊：

　　人生啊

---

[38]　汪啟疆，《海上的狩獵季節》（臺北：九歌出版社，1995），頁19-19。

海洋聳起夜之脊毛，我們站在那裡呢

土壤田畝融入曦光時，你又站在那裡呢

所有聲息都進入到潮汐晝夜

包括季節、種子、回憶

包括時間、飛翔的翅膀們、包括你我

站立紮根處，前眺

明日的洶湧[39]

　　平凡無奇的短詩，充滿了戰鬥的意志。因為人生所面臨的阻礙，不就是浪起潮去的陣陣襲擊。詩人告訴我們，唯有「站立紮根處，前眺」，才能迎接未來與明日的洶湧、挑戰。

　　總的來看，從《夢中之河》到《臺灣海峽與稻穀之舞》之間，可以探見詩人背負了父親所教承的歷史記憶，更可看見在詩人的成長歷程中，因生命的無常、大海的遼闊，使得他的生命呈現了流動的樣態，但這「流動」並不是一種流逝、流亡的，而是一種更包容的姿態。因為他深知，他必須像海洋一樣的寬容、一樣的多變，才能成就不同的未來。這是詩人的命運所致，也是他所選擇的不同道路，亦造就了他詩書寫的殊異質素。

四、界線（限）的退隱

　　界線往往是一種二元對立的僵持性，但放在汪啟疆的詩作端

---

[39]　汪啟疆，《臺灣海峽與稻穀之舞》（臺北：黎明文化出版社，2005），頁10。

看，則能找到界線以外的挪移、滑動甚至是相互交融的可能性：

> 海洋詩開闊的景緻，是被航海與陸岸兩種生活體認，產生兩
> 樣起伏接納的共生線。一是延往天海至極處意似縫合的水平
> 線（生活的意念迫企），另一根是人世塵寰對海洋試圖區其
> 臨界所在的海岸線（生活的落實限度）。詩人極自然就落墨
> 於其間，編織經緯，檢視乾濕所各別觸痛的生活現象。[40]

詩人以為海洋詩並不是一種毫無節制的表現，亦即不能將海洋視為一個無邊無際的，它是藉由「陸岸」辯識成為「海洋」的，簡單之，在詩人看來，海洋的構成必然存賴於某一些非海洋的質素，而陸岸則是界定此的最好例證。

反過來看，那麼在詩人的書寫中，究竟什麼是他所關注的，對此，或可從兩個面向討論之：海與陸的對話、國度的肯認。

就海與陸的對話來看，是詩人如何藉由「航海」與「陸岸」轉化成不同的內涵，以〈堤岸〉為例：

> 堤岸斜伸入大海／裸體的海，每一次浪的撩撥／總引動觸及
> 後的喘息。／堤岸是活的，眉一般皺縮它的羞澀／（臺灣每
> 一處堤岸都充滿感情）／把我們的眼睛帶向大海／最深最深
> 的愛戀就是這來去和守候／我每次都感受堤岸戰抖出坦白的
> 心意。／海為什麼不能歸納一個屬於呢？／海把堤岸上眼睛

---

40 汪啟疆，〈二十世紀海洋詩門窗已打開〉，見朱學恕（編），《中國海洋文學大系：二十世紀海洋詩精品賞析選集》（臺北：詩藝文出版社，2002），頁634。

們的夢帶向那裡了呢？[41]

　　以堤岸為要，象徵著陸與海的實質接觸，而堤岸與海洋的愛戀情愫，似乎就是難以言喻的狀態，對於海洋來說，它行經於此，與堤岸之間的若有似無的觸動，引發了浪花的興起，這是一種暗號也是深沉的呼喊。

　　類似於這種陸岸與海洋觸撞的詩，並不是在《臺灣海峽與稻穀之舞》才出現，其實在《夢中之河》中的〈海邊〉即可看到原初的發想，在〈海邊〉一詩，主要描述沙灘與海的對話，勾勒出男、女情侶間一種愛恨交織、離捨難斷的曖昧，一如海洋潮汐的推瀾，似乎淹沒了沙灘的半塊屬地，但實質上，被淹沒的部分，正是海與沙灘疊合的時刻，此刻的彼此正擁著對方。這般以情感相處的投射，其實正是海與陸的另種轉化，使得海洋詩添上了愛情的命題，而顯得更加地豐饒。

　　類似一系列的書寫，都圍繞在情感的轉化之上，例如在〈潮汐和沙灘閒話〉、〈川流與大海〉中，不僅僅書寫了潮汐與沙灘，更借用了「陰性」的身體想像，亦即充滿了情感（甚至是情慾），表述詩人對於海洋的憧憬與離返，例如〈川流與大海〉組詩裡如此寫到「我的足跡屬於石頭的大地／在河上，屬於舟楫／我現在把地面貼衣推開／我回歸這裏。／美好而值得追憶的／（海……）／面對我的最初／具有形軀卻是多變的／最高處溶釋的涓滴／更多的生命擠乳般起伏湧流／在源啟的地方／我如嬰兒準備進入世界／作最後的模仿／抵達子宮的沙灘」[42]這首詩將洋流與沙灘間的離合喻作嬰

<hr />

[41] 汪啟疆，《臺灣海峽與稻穀之舞》（臺北：黎明文化出版社，2005），頁41。

[42] 汪啟疆，〈川流與大海〉，《海上的狩獵季節》（臺北：九歌出版社，1995），頁

兒與子宮，將一瞬間的脫離、湧現視為新生的到來，那激烈的、興奮的以及無可預期的力量，將詩人筆下的海帶往了不同的境界，與更遼闊的世界相識。

從這些詩作可以看出，詩人筆下的海洋與陸地並不是截然的兩個域界，並沒有絕對的界線（限），是一種相互依存、挪依及撞擊出新花火的版塊，共織出新的「詩地」。

在談論完陸地與海洋的對話課題後，另一個要談論的是關於國度的肯認。相較於陸地與海洋的對話、疊合與挪移，國度反而成為了詩人筆下最複雜的部分。從〈夢中之河〉看起，可以發現詩人筆下的「國度」是牽附在夢中的故土，一個用血打造的國度：「我所夢的故國之河／在夜間伸長了它的手臂／揉過我的臉。在它沾青霜的趾尖／捏住／並且／夢到／許多容顏輕如塵土，在河兩岸殘喘的旱地上起落／許多燈籠以哭紅轉蒼白的獨眼　含血凝視／灰燼如何累死在疲憊的手掌／手掌如何癱軟在揮最後汗水的勞動夜／而蓆子如何捲走這瘦瘦的人體／（中略）／CHINA CHINA 我是一個軍人／（鮮血向歷史索取美麗又完整的國家）／中國　中國　我是一個女子／（鮮血向歷史索取美麗又完整的月亮）／這口井，從唇到喉全裂開／這河，在夜間捧著我的臉」[43]他曾有的夢想是那個歷史中擁有美麗姿容的國家，但兩岸之間因戰亂分離的局勢，已迫使他再也回不去那個美麗的國度。

但時序若拉到1995年之後，可以發現詩人的詩作中，對於「國度」有著不同的想像與認知，例如在〈海域偵巡〉中，如此描述：

103-104。
[43]　汪啟疆，〈夢中之河〉，《夢中之河》（臺北：黎明文化出版社，1979），頁6-10。

在那兩處矩框區域內外／高溫的波濤在低溫海水上刮動／在
所有時間前，我們計算時、分、秒／兩岸血液全擠在這兩個
濃疙瘩內，腫起來／風濤，比冬季臺海的十級風更凜冽／海
的深度，一下子在思維對抗裏／淺得直摸到底層……

這本來即是／軍人責任的監控、警戒／生命本是一頁莊嚴的
紀錄，在作戰中心／在海上，面對二千一百萬雙眼睛凝視／
（民族的統一與鄉土生存的愛）／一滴汗水，自眼眶邊，落
下／滴入黑暗如母親子宮的大海，時間的鐘擺間。」[44]

　　這首詩寫於中共臺海演習前後，是對於兩岸人民情感與態度的
一種重整，基於「民族的統一與鄉土生存的愛」，詩人充滿矛盾的
情緒，甚可說，是一種對於「中國」圖像的再凝視。除此之外，詩
人兼負起軍人保家衛國的責任，又必須守衛著島上的人民，情勢的
詭譎與變化，使其深層的思索之中。
　　相較之下，〈如果戰爭發生〉則將關注的視角置放在他所愛、
所想的人與土地之上：

我愛這居住生存的美麗土地／而且，隨同年齡／逆轉式的，
在這兒女誕生、哺育、生長的／位置，發現自己的　根。

為這哺養的土地／盡自己的心意。我撫動蕃薯畦的嫩葉／所
有的妻子和母親為什麼要哭泣／我們，男人們，如果戰爭發

---

[44] 汪啟疆，〈海域偵巡〉，《人魚海岸》（臺北：九歌出版社，2000），頁76-78。

生／（最好，最好永遠不要⋯⋯）／我們，在／風，月光，太陽和土壤、海濤裏。[45]

這首詩與〈海域偵巡〉寫於同一個時期，亦是書寫中共臺海演習。詩人以為，因為臺灣的土地生養了兒女，致使他必須保衛著這塊土地，因為這是一塊哺養他兒女、他自己的土地。他衷心地盼望戰爭不要發生，不要將戰亂招引上來。

類似的思維在《臺灣海峽與稻穀之舞》有更明確的肯認，以〈國土〉為例：

島嶼國土是我心臟內血肉／島嶼土地都被本土登記命名。我不必因為／黑面琵鷺鳥群們沾腳佔領，作休息後的出發（牠們境界是屬來與去的）而懷疑。

在我的國家內的多處區域／許多沿襲黑面琵鷺習性和生活方式的聰明人／來去於國境天空，在異地築家，卻承襲了土地／把自己所能飛翔的翎毛交代此地另一些雛鳥／所以，雛鳥們也隨時準備飛離我的島嶼／（天空才是屬翅膀的）／即使擁有土地，琵鷺們／遷徙的概念內沒有國土[46]

以「國土」為名，內容則以候鳥的遷徙作為思考，因為候鳥並沒有所謂的國界的概念，牠們需要的是短暫的棲地，以餵養自身，

---

[45] 汪啟疆，〈如果戰爭發生〉，《人魚海岸》（臺北：九歌出版社，2000），頁79-82。
[46] 汪啟疆，〈國土〉，《臺灣海峽與稻穀之舞》（臺北：黎明文化出版社，2005），頁157-158。

移動成為一種慣性。但詩人思索他需要像琵鷺一樣不斷地遷徙嗎？若不用，那是什麼原因？只是他與「島嶼國土」有著彼此餵養的需求，他流動的生命正找到了一種穩定的可能性，這正是他基因另一次為了適應環境而做出的改變。

　　詩人為何遊移在中國／臺灣兩個符號底下，是否是一種自我矛盾、質疑的轉向？對此將其置放在一種「流動」的視角端審，將更能理解其中的複雜度。對於詩人而言，他流動的生命，本承載了太多父親輩的苦難，故他對於中國故土是充滿想像、懷念與舊情的，即便他並不在「故土」生長，卻也充滿無比的吸引力，這是他血源裡頭被傾注的歷史動能。他與父親共享那個美麗的國度，以成就父親的願望並找尋到自己家族的系譜。與此相隨的，是他成長經驗的積累，妻子與兒女的羈絆，使他重新肯認到另一個可依靠的島嶼土地的存在，即是臺灣。故土的隱退，並不是一種退讓的姿態，而是臺灣海峽所隔離的兩岸，是被重構在詩人的精神國度當中的，一個是他記憶的國界，另一個則是他生養的國界，兩者彼此縫合在他生命的兩端，而不是斷裂的。因為只要他割捨了任何一端，他流體般的生命將不復完整，成了滯延的泥沼，而召不回新生的力量。

五、結語

　　汪啟疆的詩作是以「海洋」作為載體，試圖容納他已成塑的「流體狀態」之生命。可以說詩人的海洋詩並不僅僅歌誦「海洋」，而是生命與其產生聯結的「源由」，但對於汪啟疆而言，形塑主體的過程中，那種因歷史、社會、國族意識所造成的「流動」，在在使他認知到生命所應呈現的多元樣態，使得這樣的

「流動」並不純然只是「不穩定」、「流逝」的，而是更強盛的組裝形態，能夠變化萬千，或承受不同的挑戰及包容更多的可能。正因為如此，投射出的軍人、詩人等多重身分，不是用來確認人於世的社會職責而已，而是他肯認生命作為主體的情形下，多重視角的疊合效果，以創拓個人生命的豐沛能量，書寫出內在潛質的無限想像。

本文藉由《臺灣海峽與稻穀之舞》一書，逆溯俯瞰詩人創作的核心思維，提供讀者理解詩人的海洋詩並不是只以「海洋」為題而發，而是一種語言承載精神思維的模式，抒解並轉化生命所潛藏的流動、不安與躁動。另一方面，讀者也能看到汪啟疆的海洋詩跨越了海洋的「界限」，延伸出更多的課題與意涵，他找尋、探索、遊移甚至是傾聽，以流體的生命姿態試圖找到一個最好的發聲點，這不是善變，不是沒有主軸，而是因為他熟以海洋流動、廣闊的包容作為他書寫的基礎。於是他走得比歷史更深切，也走得比海洋更寬容。

六、參考書目

（一）專書

汪啟疆，《臺灣海峽與稻穀之舞》（臺北：黎明文化出版社，
　　2005）。

汪啟疆，《人魚海岸》（臺北：九歌出版社，2000）。

汪啟疆，《海上的狩獵季節》（臺北：九歌出版社，1995）。

汪啟疆，《夢中之河》（臺北：黎明文化出版社，1979）。

（二）碩博士論文

朱美黛，《汪啟疆新詩研究》（臺中，中興大學中國文學系碩士班
　　碩士論文，2008）。

吳韶純，《臺灣現代海洋文學研究》（高雄，高雄師範大學國文教
　　學碩士班碩士論文，2006）。

葉連鵬，《臺灣當代海洋文學之研究》（桃園：中央大學中國文學
　　系碩士班碩士論文，2006）。

（三）期刊論文

汪啟疆，〈二十世紀海洋詩門窗已打開〉，見朱學恕（編），《中
　　國海洋文學大系：二十世紀海洋詩精品賞析選集》（臺北：詩
　　藝文出版社，2002），頁630-641。

林燿德，〈將軍的版圖──評汪啟疆將軍《海上的狩獵季節》〉，
　　《文訊》124期（1996.12），頁69-70。

張默，〈怎樣揉捏詩的藍土壤——汪啟疆「人魚海岸」閱讀札記〉，《創世紀詩雜誌》121期（1999.12），頁121-125。

蕭蕭，〈波浪的故事，時間的童謠——汪啟疆〈夢幻航行〉賞析〉，《中國海洋文學大系：二十世紀海洋詩精品賞析選集》（臺北：詩藝文出版社，2002），頁433-434。

簡政珍，〈波浪翻騰裡的人心——評汪啟疆詩集《臺灣海峽與稻穀之舞》〉，《文訊》248（2006.06），頁118-120。

蘇紹連，〈走進汪啟疆的創作房間——讀汪啟疆最新詩集「人魚海岸」〉，《臺灣詩學季刊》29期（1999.12），頁19-26。

原文〈詩語・軍人・國度：流體的生命視角——以汪啟疆的《臺灣海峽與稻穀之舞》為主要探討範疇〉發表於國立高雄海洋科技大學（2011年10月27-28日），舉辦之2011第七屆海洋文化國際學術研討會。

┃試論基隆現代詩人的地方書寫

摘要

基隆作為海港城市，有其歷史演進堆疊的多元要素。它有著豐富的海洋資源、人文景貌，蘊孕出基隆當地文學作家的各種精彩作品，演繹出屬於當地的特殊視角。然而過去多從「基隆—海洋文學」的繫聯關係著手，卻無法含括現代詩人的基隆（海洋）書寫。因為「基隆」是相互雜融的匯集空間。故本文期望透過區域性的文學質素，審視地方性的文學創作景域，另一方面也藉由基隆在地或居住於此的詩人，去探討「基隆」作為時空載體的想像。

關鍵詞：基隆、海洋、空間

一、前言

基隆作為海港城市，有其歷史演進堆疊的多元要素。它有著豐富的海洋資源、人文景貌，形構出異於其他區域的特殊文化，更蘊孕出基隆當地文學作家的各種精彩作品，演繹出屬於當地的特殊視角。就數量來看，在地或定居於基隆的詩人應不在少數，然而書寫

風格各異，描繪地景的詩作相較之下應有更多發揮的空間。

　　先行研究多著重在「基隆─海洋文學」的連動關係上，對於基隆的現代詩人作家之研究，有較多篇幅的討論，例如冷芸樺的《戰後基隆文學發展之研究》[47]，就以拾虹、林建隆作為基隆戰後海洋文學中的詩人代表。

　　但無論是從「基隆─海洋文學」的繫聯關係著手，或是基隆詩人的海洋書寫景況，似無法含括現代詩人的基隆（海洋）書寫。因為「基隆」是一個相互雜融的匯集空間，因地理因素而有了更多複雜而卻值得討論的空間。故本文期望透過區域性的文學質素，以及所呈現的敘事觀點，藉以審視地方性的文學創作景域，另一方面也藉由基隆在地或居住於此的詩人，去審視「基隆」作為一個時空的圖像，是具有何等的在地情懷與精神結質。因而本文期從文本分析、精神分析和空間詩學等研究取徑，探索基隆地區現代詩人地方書寫蘊含的精神圖像、生命意向與景觀特色等課題，期藉由多向度視角，為基隆的景觀留下更多印記。

二、匯集空間的衍譯製化

　　該用何種視角審視基隆現代詩的書寫，且又能符合基隆多元複雜的性格，它兼具行政、地理與歷史條件，居海與山之間，且由於地處臺灣北端，故基隆不單單只是一個港口型城市，它本身就是個可被多重衍譯的特殊（城市）空間，也就是在「基隆─海洋文學」的思考上，應可深化其論述的縱軸。

---

[47] 冷芸樺，《戰後基隆文學發展之研究》（臺北：淡江大學中國文學系碩士在職專班碩士論文，2004）。

個人以「匯集空間」概念作為論述的框架，而「匯集空間」應具多重界義，**翻轉**文本的製成背景、詮釋空間，且由「基隆─海洋文學」朝向「匯集空間─書寫」挪動，形成文本的多重衍譯，而其中應包含：文本和現實、地理和歷史、陸地與海洋。所謂「文本和現實」是指空間有其特殊性，物質世界的空間、心靈空間還有文本再製之空間。文本作為一容述的載體除反應作家所思所感，更能藉由文本與現實間的落差，找到介入詮釋的可能性。同時，不同讀者亦能藉由文本投射於現實間，對文本（或現實）作調整，甚而「再製」，創造出作家之外的新生文本。至於「地理和歷史」則是將論述基礎立體化，透過地理空間與時間的對應，找到共同關於此地的過去與現在，而非僅視地理現象，而忽略了人文社會文化的變化。最末就是「陸地與海洋」，從過往論述來看，基隆的書寫涵蓋了海洋文學，還有著許多的樣貌。這些界義幫助「匯集空間」的想像，助於跳脫從單一性格（如海洋性格）審視基隆的書寫表現。對此，林建隆的詩作可作為相關對應，通過山／海交匯或因為詩人出生、就業背景，展現出不同面貌：

〈童年〉
用炭粉
畫出夢的腳印
在煤車路的枕木上[48]

　　林建隆[49]的詩篇貫於短製小幅，似徘句的三句語式，針對特定

---

[48] 林建隆，《叛逆之舞　林建隆詩傳》（臺北：華成，2002），頁20。
[49] 1956年出生於基隆月眉山礦區。

題目所想而濃縮意境，主要以意念傳達為主。以煤炭與童年聯結，「在煤車路的枕木上」帶出兒時記憶，遊玩嬉耍都圍繞在礦區。成長的路看到礦坑的種種，是他的出生處，也是造就他的過往。「夢」代表了記憶的凝結，也代表美好（或不美好）的情景。在很多時候，夢不僅僅只是潛意識的出口，也夾雜了種種寓涵，可能代表著一種回不去的感嘆、逝念。「童年」是每個人成長必經的歷程，從小生長的環境背景，都是小孩理解外在世界的拼圖。

　　另一首也是從童年經驗投射出去，並得以聯結在基隆地現環境：

〈雨港〉
登上大武崙古砲臺
我縮成三歲小孩
騎在母親的胸口
驚愕地俯望，雨
像雙氧水，滴
在暗紫色，早已潰爛的
她的嘴唇[50]

　　大武崙古砲臺是基隆名勝，「雨港」結合了此地多雨加上海港的特性命之。然而詩人卻不直接描述一般人熟知的「雨」、「港」景象，而是轉成「三歲小孩」，體想「騎在母親的胸口」，從小孩視角去探見母親，灑落下來的雨不再只是基隆的雨，而是飄灑在母親潰爛的嘴唇上。這首詩從詩句字面上來看，只能測想一種對於母

---

[50]　林建隆，《菅芒花的春天歌詩集》（臺北：草根，1997），頁91-92。

親形象的描繪，或者說是童年記憶裡，難以忘卻又刻骨銘心的記憶，使得母親不是處於溫暖、美麗、可藹的狀態，反而藉由濕雨帶來的冰冷扣聯在母親臉龐之上，留下了陰暗的畫面。

〈童年〉和〈雨港〉都是詩人由基隆地理環境再回溯於親人、自己成長經驗之上，也帶領讀者探見詩人的童年、基隆的其他景色。相較於〈雨港〉和〈童年〉，〈看海〉更能夠突顯出基隆位處海陸交匯、由陸面海的空間位置：

> **〈看海〉**
> 真想轉過頭來
> 面對人間的一切
> 矗立中正公園山仔頂
> 日夜看海的觀世音[51]

「看海」點出了詩人架構其中的視角，卻也是基隆居民現實生活的一部分。從「山仔頂」到「海」恰匯合於此，是地理的交匯、視角的幅射、虛構與真實間的穿梭變幻。基隆的中正公園，因其地勢建於臺上，初入似宮廷寺廟。地標便是矗立於頂的白色觀音像。這首詩將人世、神佛、地理三種空間疊合。從實質的地理空間—中正公園，轉換到人世的芸芸眾生，再到觀世音的視域，是一種向內尋覓又同時向外眺望的視角轉移。

提出林建隆的詩作主要在於打破過往對於基隆詩人的單一想像，因為他的出生背景並未脫離基隆，是出生於基隆的在地詩人，

---

[51] 林建隆，《林建隆詩集》（臺北：前衛，1995），頁73。

但又由於其地理環境因素，使得他書寫出海洋質素的作品，例如《藍水印》詩集便以「海」為題目，拓延出臺灣沿海區域的景色。唯基隆不在描述範圍內。詩集離開陸地，從「海」、「浪」等字拆解字意，涉足大海，登船、逐浪、練鏢、尋找獵場、遇難、流動墓場，一切再回歸到大海，與各式各樣的海底生物融為一體。[52]可是〈童年〉裡的礦區生活，又融入了他生命的基調，使得他對於在礦區工作的父親、礦區的點點滴滴，既深刻卻又渾然而成，筆觸劃動下領著讀者回到詩人的幼兒時期，又帶著讀者可以理解基隆身具陸／海交匯的殊異性格。

三、探見歷史之海

基隆作為「匯集空間」，不僅僅只有海洋或陸地的性格，亦可能有歷史性格的存在：

〈空港〉
雞籠　非山非海
隱姓埋名於臺灣地圖

風乘雨　雨加風
我終搭上時間的高速鐵路
瀏覽記憶抽屜裏的和平島八斗子
青春亂夢的海岸線

---

[52] 白靈在《藍水印》的〈鬼頭詩人林建隆〉特別點出。

美麗曲折
教人不忍背向

這港曾是寵幸的容器
天空由蒼鷹解讀
盤旋　起降
越戰美軍
訪春日客
來去分一杯羹

當我歸來
對峙著冬之防波堤
斑斑記憶
定錨於水火痛苦指數
斜靠碼頭的老舊遊輪
詭異如荷蘭人時代留下

啊，被遺忘的城市
愛與恨的切分音
你聽見我但呼救無門
憂和喜的平行線
我看見你
卻視若五堵

這港盛裝著我的童年

木馬遊戲零件
早已拆解成浮筒泡沫
我知曉　當記憶一檔一檔失蹤
日除月　月減日
神港仙洞也將空空如洗

基隆　包山包海
十方大覺寺今晚的鐘又敲響了……[53]

　　詩採用了前後貫穿、首尾呼應的形態構建，以成長記憶為軸心貫穿整首詩，適時地融入基隆著名景點，如八斗子、十方大覺寺等。將個人拆解成零件碎片，鑲嵌在基隆四處，而情感的流洩更是，先從「雞籠」而後「基隆」，喻含著權力宰制，同時也表示著「發現」的命名機制，並非自然而然，而是藉由軍事、殖民等影響，改換了稱謂同時改換了人們對於地理區域的歷史想像。

　　詩藉由個人記憶之旅、歷史之旅並同走出一條回基隆的路，從「風乘雨　雨加風／我終搭上時間的高速鐵路／瀏覽記憶抽屜裏的和平島八斗子／青春亂夢的海岸線／美麗曲折／教人不忍背向」，佐以「當我歸來／對峙著冬之防波堤／斑斑記憶／定錨於水火痛苦指數／斜靠碼頭的老舊遊輪／詭異如荷蘭人時代留下」，無不傾訴過往斑駁在基隆的前世今生，像是一條尋家的路，有著痛苦、快樂和無限的回憶，無庸置疑的那便是生活的居所，是一個孕生詩人的地方，被歷史刻痕孕生的處所。

---

[53]　陳家帶，《人工夜鶯》（臺北：書林，2011），30-32。

〈空港〉這首詩與其說詩人關注於基隆的海洋，倒不如說是基隆地景，更多時候敘載著歷史的故事及想像，另外相似的還有〈和平島〉：

〈和平島〉
雨季躡腳搭船，我跟著入港了，身上點滿漁火。

人群在車站列隊直至東岸碼頭：「歡迎光臨。」傘下的和平島，有蒼鷹的著落，聽說魚群在那牽著海平線跳繩。

你可是萬人堆裡的那巴賽人（Katagalan Basaijo），把蕃字洞裡的荷蘭，唸成浪濤給我。[54]

　　詩出自於年輕女詩人—然靈的第一本散文詩集《解散練習》，裡頭多是她的生命經驗與成長歷程拼築而成的點滴，在描寫她出生地基隆時，多會夾雜歷史典故，使讀者在閱讀時能對基隆地景有更深入的理解。而「和平島」便是基隆著名地景之一，從船、港、碼頭皆可明顯探觸於和平島作為海洋區域的風貌。可是詩人在最後一段不是續寫海洋特質，而是突寫一個「那巴賽人」，指出凱達格蘭族的巴賽人曾在此的想像，另一個「蕃字洞」則傳說為鄭成功攻退荷蘭人時，荷蘭人的最後據點，蕃字洞內還留有古荷蘭文字。（然靈，2010，頁43）詩人從現在（現代化）的場景，一直延伸至歷史古蹟，古今交錯躍然紙上，將和平島拉到久遠的歷史之海，使和平

---

[54] 然靈，《解散練習》（臺北：秀威資訊科技，2010），頁42。

島不單單只是一個觀光景點而已，它過往的身世藉由詩句的敘說，疊合在一起，使讀者能從歷史視域裡探望見和平島的不同故事。

　　整體來說，不論是〈空港〉或〈和平島〉，兩個詩人一方面著墨於基隆的天然景觀與海洋風情，可也從歷史的角度拉出書寫的歷史縱深，而非停留於表面的景色。正因為如此也才符合「匯集空間」的界義概念，由文本拉到現實間，由地理延伸到歷史的課題，開拓讀者對基隆的多元想像。

四、共享／共響的地域景象

　　基隆現代詩人幾乎不一程度關注到他們的書寫是否有異於其他區域、其他課題的元素。但若真要提到現代詩人筆下基隆的書寫，除了上述「歷史性格」的面向之外，另一個則是對於同一區域有著相似或得以分享的感覺結構。所謂的感覺結構是，乃在於現代詩人應有類似的共感經驗，或是對於某一類事物是有特殊想像、特殊情感，以下先來看兩位詩人的「八斗子」：

〈八斗子〉
文明在換番之地物色妳。

螃蟹扛來一塊煤，在潮間種火，給妳浪淘不盡的黃金歲月。

八斗的巫又在那盞最鹹的燭光中唸咒，只有魚蝦才聽得懂的

梵音：「亞退吧，不要來侵襲我族靈魂的家屋！」[55]

〈八斗子〉
放逐於太平洋邊陲
岩岸空蕩蕩的
不知在那條纜索上
時間自顧自地睡著了

夢見漁人碼頭亂拍浮出爵士樂
夢見塞納河畔微波倒映印象派
夢見蓋希文夢見莫內
成了每天早餐桌上的糧食

然而清醒的是：短堤外的水色
荒屋裏的窗苔
以及冷街上關於舟影的孤獨回憶

是的，渺小如斯貧瘠如斯
擁有那麼奢華的祕密心願
整個世界忍不住要手舞足蹈起來
在大海的搖籃裏[56]

　　然靈和陳家帶可謂是兩個完全不同世代的現代詩人，他們共

---

[55] 然靈，《解散練習》（臺北：秀威資訊科技，2010），頁46。
[56] 陳家帶，《人工夜鶯》（臺北：書林，2011），頁66-67。

同成長經驗下的基隆八斗子，頗富盛名外，也成為詩裡頭重要的核心要點。也就是他們成長歷程即便有所時間上的差距，可是「八斗子」此一地理環境便緊繞在基隆居民的生活之中，所以生活、活動地點、景觀介紹、遊玩去處，便都對八斗子有著深刻的記憶。示同詩人亦運用他們的視角、歷史材料織寫出八斗子的風貌。

陳家帶的〈八斗子〉以景為主輔以情敘，從「放逐於太平洋邊陲／岩岸空蕩蕩的／不知在那條纜索上／時間自顧自地睡著了」，首重於八斗子的地理位置，並從海洋與臺灣接觸的視角將八斗子的位置勾勒出來。其次才將八斗子裡的街道、碼頭載負的活動點綴一番，卻依然無法遮掩「冷街上關於舟影的孤獨回憶」。

陳家帶從八斗子的地理位置聯結到氛圍塑造，從「夢見漁人碼頭亂拍浮出爵士樂／夢見塞納河畔微波倒映印象派／夢見蓋希文夢見莫內／成了每天早餐桌上的糧食」，將八斗子十足跨國化、美學化，因為不論是印象派、莫內都非八斗子誕生之物，有的是一種虛構的想像與景色的遙遙投射，給了旅客、在地人甚或詩人虛幻卻又美麗的畫面。只是現實一旦撕開來，八斗子剩存的「然而清醒的是：短堤外的水色／荒屋裏的窗苔／以及冷街上關於舟影的孤獨回憶」。現實是殘酷的、現實也是痛澀的，八斗子帶來的是淒冷與寂獨，似乎摸不著藝術的氣息。

相較下，然靈的〈八斗子〉帶有較強烈的歷史性格及訊息：，八斗子早期曾住有平埔族的女巫，女巫居住的地方因為音似「八斗」而來：其次，換番即現在的望海港，當八斗子的漢人與平埔族人要進行物質交換，則多會相約在此地進行；最末是談到八斗子的煤礦是非常重要的產業之一，清帝國的第一口官煤就設在此地。然靈的「八斗子」是歷史與現今交錯而置，她帶著讀者看見更久遠之

處。有趣的是，不同世代即便書寫同一地景，採取了不同策略，陳家帶是從藝術挪借了對應元素，而然靈則是強化了歷史背景的陳述，這樣的感覺結構乃在於他們共同分享了同樣的地景—八斗子，他們在成長背景裡對八斗子有著情感與實在的體會，故有意義、策略地進入了他們的詩作。

相似的還有〈那那〉：

〈那那〉
我們向文明跨步，成為連綿不絕的峽谷，看鐘蹲著打聽，海的聲音；雲蓬著頭來梳髮，馬尾是一條瀑布。

那些佈滿荊棘的手已伸出彈孩，在波峰和波谷之間吊橋，烽火是一團在指節間安息的繭。

我們的腳步被那那吆喝回來，耳是一處辨別鄉音的壺穴，江心仍暖。[57]

〈暖暖的雨水〉
東北季風吹到四腳亭
長長的雨季便從山區伸出來，
窄街上的黑布傘一高一低
孕育著許多游離的老夢：
淘金的阿春而今安在？

---

[57] 然靈，《解散練習》（臺北：秀威資訊科技，2010），頁44。

採煤的林哥而今安在？
隔鄰的孩童探頭來張望，
基隆河切開小鎮兩岸。

基隆河之水天上來，流過
關帝爺的眉鬚，媽祖娘的臥榻，
人們少不得要敬香獻花，
早齋晚禱。基隆河之水
忽左忽右，如鼓如瑟，
吊橋橫跨其上。人們
心裡懸著的石頭是墜落河中
或是砌為參差相覷的房舍？

（中略）

東北季風吹到八堵橋，
冬雨正走下北臺灣的階梯，
像一針針細密的愛
織補著人們的靈魂；
淘金的而今安在？
採煤的而今安在？
是了是了，小鎮被雕造得越發成形動人，
在那綿續不斷的雨水運動中……[58]

---

[58] 陳家帶，《城市的靈魂》（臺北：書林，1999），頁44-47。

〈那那〉一樣是藉由歷史典故書寫，據傳為平埔族石碇社的一支，名為那那社，後因漢人入墾，改命為「暖暖」。詩從「文明」切入，代表的不是一種進步，反而是一種對於傳統、歷史的最大嘲弄，「那些佈滿荊棘的手已伸出彈孩，在波峰和波谷之間吊橋，烽火是一團在指節間安息的繭。」指涉著文明帶來的各種衝突，安居於此的平埔族語的「那那」早不復見，剩下的是一層層被改名後留下的嘆惜，在歷史無情腳步中，有些痕跡提醒著我們有些變化不見得是幸福的象徵，可能反而是無法想像的傷痕。

至於〈暖暖的雨水〉則不指涉大歷史的更迭變化，而是透過基隆地景去談論較為近代的社會變遷。首句點出雨都的氣候一雨，再轉寫「淘金」、「採煤」，而這些行業如今早已不復見，卻可聞息到社會產業轉型、蕭條的唏噓無奈，但這也是基隆擁有他處沒有的歷史質素，並得以在不同的詩人手中轉化而出。故這也顯示一種不同詩人（甚或世代）彼此共享／共響的成長空間，他們雖然選擇不同的形式書寫，卻一樣保有對自己生長之地的眷戀，而顯得更為迷人。也或者說，詩人專注於詩的琢墨時，必然會考量到自我內在與外在環境間的呼應，而特殊、知名的區域景域，不僅僅有更多的質素可以描繪，甚至也夾雜了個人許多成長的片段，若再加上對於此地的歷史研究，都能造就出詩作內容多樣性與差異性。

五、結語

基隆臨近海洋，其等一系列的海洋、港口之書寫，要稱海洋文學應無庸置疑，唯獨要考量是「交匯視點」，不單單只是從陸地拓向海洋，也非從海洋凝視臺灣而已。從海與陸的雙向交叉，激撞出

來的動能，使得基隆具有高度融涉的空間。更多時候，若能從交匯處看到一種新的討論方式，或可擴延海洋文學的範疇，而且基隆作為「交匯空間」，除具有海洋性格、陸地性格外，還有強烈的歷史性格。

本文翻動「基隆—海洋文學」的單向繫聯，轉換為「匯集空間—書寫」的變異取徑，也將基隆從海港、海景的描述，離析出基隆具有的陸地性格，探看歷史烙在這裡的刻痕。而思考點並不在於抹除基隆具有的海洋性格，也不在於否定基隆現代詩人書寫內容或策略，主在者乃在於藉由基隆重新思索「海洋文學」範式，提供一種方法論的評斷標準。也或者說，基隆提供的是一種審視文學（或現代詩）的論述思考，延伸者將是許多與基隆相同、相似的多元探索，例如高雄、花蓮等等，除了具有海洋性格的文學表現之外，也應看見（或並置討論）陸地性格、歷史性格等，成為「匯合空間」基礎，那麼也將使我們走得更遠、走得更不同，進而不斷開展現有海洋文學的思考範疇才是。

六、參考書目

（一）專書

林建隆，《藍水印》（臺北：皇冠，2004）。

林建隆，《林建隆詩集》（臺北：前衛，1995）。

林建隆，《菅芒花的春天歌詩集》（臺北：草根，1997）。

林建隆，《叛逆之舞：林建隆詩傳》（臺北：華成，2002）。

陳家帶，《城市的靈魂》（臺北：書林，1999）。

陳家帶，《人工夜鶯》（臺北：書林，2011）。

然靈，《解散練習》（臺北：秀威資訊科技，2010）。

（二）碩博士論文

冷芸樺，《戰後基隆文學發展之研究》（臺北：淡江大學中國文學系碩士在職專班碩士論文，2004）。

林宗德，《消弭海／陸的界線——論廖鴻基作品中海洋文化的思想體系與美學實踐》（臺中：靜宜大學中國文學研究所碩士論文，2008）。

張錦德，《臺灣海洋文學研究（1950-2010）》（臺北：中國文化大學文學院中國文學系博士論文，2017）。

葉連鵬，《臺灣當代海洋文學之研究》（桃園：國立中央大學中國文學研究所博士論文，2006）。

原文〈海洋、城市與文本：論基隆現代詩人的景域書寫〉發表於國

立高雄海洋科技大學（2017年5月19日-20日），舉辦之2017海洋文化國際學術研討會。

論葉日松現代詩中的在地敘事[59]

摘要

葉日松（1936-），籍貫花蓮。自1958年第一本詩集《月夜戀歌》出版迄於2010年的《葉日松詩選》，已有近五十多本著作，其現代詩作成就頗盛，亦被喻為臺灣現代客語詩的先驅之一。曾獲文藝金像獎、金環獎、中國語文獎章、全國優秀青年獎章、中國文藝協會獎章、中興文藝獎章、內政部詩運獎、1998年第一屆臺灣省特殊優良文化藝術創作文學類獎、教育部兒童文學獎、第一屆全國教育奉獻獎，99年更獲得客家文學類貢獻獎及花蓮文化薪傳獎等。本文試圖透過相關詩作中的在地意象、語言特色之爬梳，反思或推導詩人的構思質素、書寫歷程，進而開拓出不同的研究面向。

關鍵詞：花蓮、在地、敘事、客家

---

[59] 本論文是科技部人文社會科學研究中心「補助青年學者學術輔導與諮詢」「地域合／分：客籍現代詩人的書寫語式與歷史涉向」（計畫編號MOST107-2420-H-002-007-MY3-Y10814）部分內容延伸。

一、前言

葉日松（1936- ），籍貫花蓮。自1958年第一本詩集《月夜戀歌》出版迄今2010年的《葉日松詩選》，已有近五十多本著作，其現代詩作成就頗盛，亦被喻為臺灣現代客語詩的先驅之一。曾獲文藝金像獎、金環獎、中國語文獎章、全國優秀青年獎章、中國文藝協會獎章、中興文藝獎章、內政部詩運獎、1998年第一屆臺灣省特殊優良文化藝術創作文學類獎、教育部兒童文學獎、第一屆全國教育奉獻獎，99年更獲得客家文學類貢獻獎及花蓮文化薪傳獎等。

先行研究較具論述規模的，多數集中於《臺灣客家詩人——葉日松作品研究》，裡頭有分幾個面向：旅行書寫、地景書寫、客家意象、其他文類的分析。旅行書寫如謝玉玲的〈寫在湖面上的詩篇：閱讀葉日松的旅行書寫〉，裡頭提及「第一，從身為他者的遊客角度，作者仔細觀看品賞景致，並賦以更優美的詞彙再現當日地景的風貌。第二，在書寫策略方面，葉日松的旅行詩文大抵都有一個較為穩定的寫作架構。在詩歌方面，多以組詩呈現，節取地方的特徵進行敘述，同時具備較高的敘事性與連貫性，能夠充分展現一趟旅程的價值與所見所聞。第三，在美學藝術層次方面，葉日松的旅行書寫，常見擬人法的譬喻象徵的使用。當風景與文學進行縮合，象徵手法的使用，會讓意象更鮮明，也將會重新銘刻在讀者的意識中，重構一地的人文景觀。」[60]地景書寫則有黃永達的〈縱谷客庄總是詩——試析葉日松客語詩的人地情感與生命美學〉、黃玉

---

[60] 謝玉玲，〈寫在湖面上的詩篇：閱讀葉日松的旅行書寫〉，《臺灣客家詩人——葉日松作品研究》（臺中市：文學街，2017），頁45-46。

晴〈葉日松筆下的玉里小鎮〉、賴子涵〈葉日松鄉土文學中的集體記憶〉、邱如君〈鋪衍與回音——試論葉日松的縱谷地景書寫〉及林櫻蕙〈葉日松的花蓮故鄉情——以現代客語詩作為例〉等。

此外，專書客家意象、客家意識的則有劉煥雲〈論客家詩人葉日松作品中的客家情懷〉、古繼堂〈故鄉的戀歌（評葉日松的詩）〉等，劉煥雲點出了葉日松的作品相當程度符合了「客家文學內容：必須具備客家元素、意識、生活文化。客家文學形式：必須是文學載體，以客家詞彙描寫，而且必須有一定數量的客家詞彙。一般的客家書寫指的是作家以華語夾雜客語漢字、漢語拼音等方式，表現客家語言、文化、生活等特色者。有些客家籍作家所寫的作品，作品未必包含有客家意識與元素。」[61]

如此看來，關於葉日松地景書寫的研究相對大宗。但細探對於花蓮地景書寫多數集中於景色描述、個人成長經驗的回溯，可是葉日松的「在地」是否僅是「花蓮」（居住地）而已呢？從較大的論述層次來看，「在地」回應於客家符碼外，也扣合於臺灣歷史敘事的軸線上。此一研究取徑，是通過「複構」與「譯轉」的機制建立的。「複構」是不同族群對臺灣符碼的想像差異，這也就是「臺灣客家」的敘事一方面對外對應於不同地區的客家移民，另一方面對內也重組異於其他族群的「客家」，其仰賴通過「複構」和「譯轉」取得空間。「譯轉」指的是族群通過語言作為差異化的過程，當前不論何種的族群（類型）的文學創作、語言使用上可能都遭遇到不同面向的課題，畢竟「語言形態」最能區辨他者與自我認同的差異。80年代以降，客家族群即通過客家文學的再定義、客語文學

---

61 劉煥雲，〈論客家詩人葉日松作品中的客家情懷〉，《臺灣客家詩人——葉日松作品研究》（臺中市：文學街，2017），頁175。

的創作等等努力，通過證成語言回應真實存在的族群課題。使客籍現代詩人是先回應「臺灣客家」需求，再進而書寫。客籍詩人的書寫代表不僅是「身分認同」，也意味身分再議（譯），例如從中國符碼脫出臺灣象徵，進而找到族群的定位認同。

故而，本文之研究取徑試圖透過相關詩作中的在地意象，進而反思或推導詩人的構思質素，以「複構」與「譯轉」構合出「臺灣客家」，通過歷史敘事的重構與語言實踐而來，其中「複構」是歷史敘事的歧出主軸，「譯轉」是客家族群的對話樣態，呼應於現代詩發展的可能對應座標，聯結臺灣主體敘事的可能性。

二、如何看見客籍詩人？

黃恆秋《臺灣客家文學史概論》、[62]徐碧霞《臺灣戰後客語詩研究》曾點出，臺灣的母語運動、母語文學的書寫和臺灣政治、社會改變緊密相關，而客家（客語）文學自解嚴以來，審視現實、在地生根、文化重建的呼聲就從未斷過。[63]

如此背景下，客家文學類型中客家詩（或客語詩）成就有目共睹，李喬曾指出，客家現代文學中，詩歌著重感情凝鍊、用字較少，以漢字表達障礙相對少了許多。因此以客家語來思考創作的書寫中，客家現代詩是成績最突出的。[64]徐碧霞也指出，客語詩的實

---

[62] 黃恆秋，《臺灣客家文學史概論》（新莊：客家臺灣文史工作室，1998）。

[63] 自80年代末期，客家運動有了策略性行動，徐碧霞整結為三條軸線：1、《客家雜誌》的發行；2、「新个客家人」主張的提出與迴響；3、客家電臺的申請設立。而行政院客家事務委員會的成立、客家電視頻道的開播、設置客家文化園區客家文化會館、客家歌曲表演、客家文化欣賞客家藝文活動等都奠興客家文化、客家文學的基礎及改變。徐碧霞，《臺灣戰後客語詩研究》（臺南：國立成功大學臺灣文學研究所碩士論文，2005），頁5。

[64] 李喬，〈正牌客家詩文——序「臺灣客家文學選集」〉，《臺灣客家文學選集 I》

踐是最為顯著的，這或許奠基於現代詩力求簡鍊、意象，而客家意象的呈現，便可透過相關詞彙來表達，又不減損現代詩的形式要求，又能夠有效傳達詩作意涵，投射出詩人所想所感。[65]相較下，散文、小說似乎花更多篇幅構思架構，且文句展延不似現代詩的精鍊，反而需以細節描述，才能真正地將故事說得完整，如此一來，語言或文字的要求也變得不太一樣，創作上也必然受到限制。

如何看見客籍詩人葉日松，這涉及兩個層次：客家文學的意義、葉日松的客家書寫元素，而兩者又和語言的使用有著密切關係。首先，「客家文學」歷來有不同定義，例如黃恆秋《臺灣客家文學史概論》便列舉了許多標誌範疇：

（1）任何人種或族群，只要擁有「客家觀點」或操作「客家語言」寫作，均能成為客家文學。

（2）主題不以客家人生活環境為限，擴充為臺灣的或全中國的或世界性的客家文學，均有其可能性。

（3）承認「客語」與「客家意識」乃客家文學的首要成份，因應現實條件的允許，必然以關懷鄉土社會，走向客語創作的客家文學為主流。

（4）文學是靈活的，語言與客家意識也將跟隨時代的腳步

（臺北：前衛出版社，2003），頁IV。

[65] 徐碧霞指出，在目前臺灣的文學市場中，是以客語書寫最大量的，也是戰後臺灣客語文學中實踐以客語寫作最激底的。無論是在投入的作家、發表數量、以及出版數量，都是各文類中最多的，而發展時間也最長。八〇年代末以來，許多客系作家開始積極投入客語詩創作。例如：黃恆秋、杜潘芳格、鍾肇政、范文芳、李喬、葉日松、馮輝岳、曾貴海、利玉芳、張芳慈、劉慧真、邱一帆、吳尚任、陳寧貴、龔萬灶、鍾達明、楊正德、楊寶蓮……等人，皆積極投入客語詩創作的行列之中，開創戰後臺灣客語詩寫作的新局面。徐碧霞，《臺灣戰後客語詩研究》（臺南：國立成功大學臺灣文學研究所碩士論文，2005），頁49-50。

而變動，所以不管使何種語文與意識形態，只要具備
客家史觀的視角或意象思維，均是客家文學的一環。[66]

　　但這種集中於「客家意識」、「客語」的實踐，似也無法完全
框列，故黃恆秋亦羅列了幾種可供檢視的模組：

　　（一）以客家族群聚落為基點，延伸而出的臺灣意識或鄉土
　　　　　情懷作品。
　　（二）以臺灣史或民變事件為經緯，敘述客家子弟的經驗
　　　　　文學。
　　（三）以傳統客家婦女為形象的特質，所展現的文學品味。
　　（四）表現閩、客關係及其社會觀點的文學作品。
　　（五）思索臺灣動向，關懷鄉土鄉親的客語文學創作。
　　（六）客家歷史掌故的陳述。
　　（七）探討客家運動趨勢，剖析客家詞彙，歌謠或相關藝術
　　　　　的文章。[67]

　　黃恆秋在編成《客家臺灣文學論》之後，又進一步編撰完成
《臺灣客家文學史論》，界義了臺灣客家文學，內容含客家意識、
家客人（及生活）模式；再者便是展現出客家語言的美感經驗。[68]
客家語言的美感經驗，便是「譯轉」概念的實踐，且在葉日松的詩
作裡相當鮮明，例如黃永達的〈縱谷客庄總是詩──試析葉日松客

66　黃恆秋，《臺灣客家文學史概論》（臺北：愛華，1994），頁31。
67　黃恆秋，《臺灣客家文學史概論》（臺北：愛華，1994），頁33-35。
68　黃恆秋，《臺灣客家文學史概論》（臺北：愛華，1994），頁1-20。

語詩的人地情感與生命美學〉提及：

> 葉日松更無拘無束的使用了客語話的閩語及華語詞彙，而這本是花東縱谷裡常見的語言特色，縱谷就是歷經一百三十年，多族群及多元語言交錯、融合的地區。例如，詩劇中的野薑花、小麻雀（客稱烏鷦鳥）、釣竿（釣檳）、彩霞（紅霞）、童年（做細孲時）、冬陽、然後（背尾）、招手（葉手）、耕耘、功課（事頭）、快樂（歡喜）、時光（時節）等，顯人，詩人以情感及字句節奏性走在前，交叉活用了傳統「烏客語」與現代新辭彙，這些新辭彙有部分源自華語詞彙，部分源自閩南語及日語詞彙，詩人皆很自然的運用，並不刻意用或不用。[69]

　　討論到客家語言的使用，有個重要的差異在於客家書寫究竟異於他者的質素，或是試圖以特定形式、語言作為區辨他者與主體的差異，藉以察知確認主體應存的位置、樣態。因此，族群的差異某種程度仰賴於個別族群的語言質素、社群樣貌、生活工具以及移民史，故而葉日松等客籍詩人透過客語的使用，可構築出屬於「臺灣客家」的敘事形態，也是確認臺灣作為容述基點的時間／空間，拉出與其他族群敘事的差異性。因此客籍詩人書寫夾含兩層次：身分上的標誌、實踐化的標誌，前者趨向於有客籍身分卻不見得有其身分意識或被迫採取其他的書寫策略，後者則是身分認同的極大化進

---

[69] 黃永達，〈縱谷客庄總是詩——試析葉日松客語詩的人地情感與生命美學〉，《臺灣客家詩人——葉日松作品研究》（臺中市：文學街，2017），頁103。

而採取實踐作為。[70]也可以說，語言的使用在「召喚」客家的集體意識時，成為前導質素或構築客家文學的要件。

三、「客家—花蓮」組構的在地質素

看見、借用、置入客家元素，是認定客家文學、書寫客家詩的關鍵之一，葉日松詩作〈莫忘大山背〉（2008），提及自己十八歲就由新竹來到東部富里，成為縱谷裡的一份子，孕誕了葉日松及一家人。[71]遷居也是離散類型之一，代表向著定點前進，有時能回得到原點，有時則無法。但移動敘事中的身心靈確實有極大影響，同時移動意味著時間—空間的轉換，故而「在地」非是黏著不動，演化疊堆下成為豐美的資產。「在地」意味著「對比」（區分）的相應，例如非在地（或花蓮之外）形成強烈對比；其次，在地代表了「積累」，可能歷史的、物質的或文化的，縱谷中的族群相遇、相處，都化成了在地元素的堆累；再者，「在地」是個變動的歷程，透過了離散經驗的回涉，知道「在地」產生的效應實然複雜、具遷變的往復狀態。這裡的在地，是通過「地方」、「客家」而後「臺

---

[70] 羅肇錦曾言：目前談臺灣文學，我們可以這樣下定義，舉凡創作時用臺灣話思維（包含福佬話、客家話、山地話、國語（臺灣）），只要寫作感情根源不離臺灣社會文化，這樣的作品就是臺灣文學。不論它是傳統的或是現代的，也不論它是口頭的或是書面的，更不論它是文言體或白話體。什麼叫做「客語文學」？也可以簡單的說只要是客家話為思考，所寫所記都是客家社會的生活內涵，都屬客家文學，與作家是否客家人或作者籍貫哪裡？用哪一種語言寫作？沒有絕然的關係。反而著重在「寫作感情根源不離客家社會文化」，不論它是客家傳統詩文的或是客家現代的創作，也不論它是用客家話講述或是客家漢字書寫而成的作品，更不論它是舊的韻散體或現代客語的白話體所構成的篇章，都是客家文學。羅肇錦，〈序〉，《客家文學導讀》（臺北市：文津，2007），頁3。
[71] 黃玉晴，〈葉日松筆下的玉里小鎮〉，《臺灣客家詩人——葉日松作品研究》（臺中市：文學街，2017），頁156。

灣」的層次聯繫進而穩固，[72]也就是以臺灣為主體敘事，進而分述其他的勾聯。

故遷居而定著的「花蓮」不僅要在地亦必須客家質素兼俱，例如黃玉晴的〈葉日松筆下的玉里小鎮〉便特別點出「玉里」對於葉日松創作的重要性，因為詩人初中三年都在此度過，年少青春歲月催化了他創作動機。現稱「玉里」，古謂「璞石閣」，「是早在清代即留名文獻上的客家地區，甚至葉日松的個人詩選當中，都留有關於此處的專章收錄」。[73]在黃玉晴看來玉里不僅僅只是地名，還夾含了作家童年經驗與歷史典古的重層意義：

> 璞石閣在清代始以「客人城」聞名，時至今日，仍留有「客城」地名，鎮內住著不少的客家族群，同時還保有廣東「擂茶」的傳統文化。葉日松近十多年以來，創作喜好漸轉至關懷客家語言和文化，因此相關的母語創作、客家習俗的傳承，都可在其作品當中窺見；不管是饒富趣味的童謠，或是作家記憶中的客家面貌。而玉里對於葉日松的影響，不單扮演其初中三年的啟蒙角色，更可能已在葉日松的客家魂裡撒下種子，等待臺灣東部客家被關注的時刻到來，讓客家文學

---

[72] 此外，國立聯合大學於2011與2012年間，因承接客家委員會委託研究之「東部客家研究：回顧與展望」的研究案，其中第四章文學部分，由王幼華教授擔任主持人，撰寫「東部客家文學」專章。王幼華指出，依臺灣東部客家書寫的歷史環境而言，東部客家文學作家有兩類：其一、血統為客家人，以漢語所寫的新舊各類文學作品，包含傳統詩詞、山歌、俚語、傳說等。其二、客家人所寫的客家文學作品，包含以客語漢字、漢字擬音、漢語拼音、族群特色詞彙等所書寫的作品。參閱劉煥雲〈論客家詩人葉日松作品中的客家情懷〉，《臺灣客家詩人——葉日松作品研究》，頁174。

[73] 黃玉晴，〈葉日松筆下的玉里小鎮〉，《臺灣客家詩人——葉日松作品研究》（臺中市：文學街，2017），頁127。

得以在花東縱谷成長、茁壯。[74]

　　此說法雖可能有其詮釋上的討論空間，然畢竟身分論是複雜的、多重且可能變移的認同狀態，那麼「客籍」有無縮延的可能，更真實地回應屬於臺灣或屬於花蓮在地的「客籍」呢？從在地反思「客籍」，就必須理解到，聯結「客籍」和「在地文化」，理解「客籍」在未來不僅僅是對外的聯結，也必須有在地化的聯結，甚至區域與區域之間也應有差異。「客家—在地」（如「客家—花蓮」）是驅動「臺灣客家」的能動要項，回應在地生活的感覺結構，感覺結構是個體與集體互有共感、相互流通、彼此生成的狀態，因此在地生活的殊異質素往往有其獨特性、差異性而不可化約等同。[75]

四、在地與歷史的繫聯／投射

　　「客籍」的概念可藉由「在地」（文化）的延伸豐富璀美，然而「在地文化」亦需透過歷史縱深理解，也就是歷史事件的累積、歷史意識的建立、歷史敘事的安置等作為理解歷史回應在地的關鍵。

　　從另一個面向來說，葉日松的書寫似乎是有所轉變的，也就隨著時代遷變，對於歷史的追源變得不太一樣，如前述，搬遷至花蓮改變了葉家，移動的是身心，但對於族群歷史的追認卻沒有忘懷，

---

[74] 黃玉晴，〈葉日松筆下的玉里小鎮〉，《臺灣客家詩人——葉日松作品研究》（臺中市：文學街，2017），頁128。

[75] 其中，「客家—在地」除了「客家—花蓮」，亦可延伸為（或集合）為「客家—苗栗」、「客家—高雄」等聯結形態，是不同區域的客籍詩人可能藉由不同的在地元素，投射於客家的歷史主體認同，卻又得以回應於殊異的區域課題。

當然一方面可能是臺灣行政區域不大的關係，也可能是客家精神及祖先的追念，不忘祖的慎終追遠成為葉日松念茲在茲的事：

> 他說：我們的來臺祖——奕明公，是廣東省陸豐縣螺溪鄉人氏。當年來臺時，曾在澎湖登陸，娶妻生子。奕明公一生勤儉吃苦，忠厚篤實。下來的道高公，更是我們敬佩的祖先。憑著自己的智慧和毅力，赤手空拳，開山闢地，生下了我們子孫，教育我們子孫。貴商叔也告訴我們，葉家的祖先，本是河南省南陽縣人，後來才遷居廣東。所以葉家的人，在住屋的正門上方，必須寫上「南陽堂」三字，以示飲水思源，不忘本。我聽了他的這一番話以後，心中便湧起一波波感恩的潮汐。我想了又想，我何其榮幸，本為葉家的子孫，身為炎黃的子孫。[76]

文章年代距今已遠，社會、政治氛圍已從戒嚴走向開放，是否因此有了不一樣的思考不得而知，可是家族的歷史是不能忘的，聯結於在花蓮的在地生活亦是真實，在地不是黏著不動，而是透過對比、往復的實踐經驗，讓在地有了比較的基礎。對於臺灣客家敘事軸線來，正突顯了「複構」的特質，這種複構一方向指向臺灣文化、族群的多元特質，一方面輻射出「客家—在地」構聯在臺灣主體敘事下的歧異分支，看見了臺灣的多重面貌。

其次，在地亦必須通過移返經驗成立，移返是主體重塑自身記憶、經驗與行動的敘事姿態，涉及了時間—空間的變化。葉日松的

---

[76] 葉日松，〈新竹掃墓記〉，《生命的唱片》（花蓮市：花縣文化，1993），頁133。

「在地」，亦透過各種形塑主體記憶、經驗的方式呈現，以〈和童年一起旅行〉為例：

只是乃木希典不在

東鄉平八郎也回東京去了

馬卡洛夫的軍艦失事

康特拉琴柯則回彼德堡

在亞歷山大羅維基寺院去座彌撒了

我只有無奈地、拼命地像旅順的老婦人

向每一個山頭的荒野石縫

每一顆斑駁了的彈痕

要資料要圖片要故事

我和童年一起旅行

去找一些人聊天

去聽一些人發牢騷

去覓一些絕版的線裝書

去買幾條便宜的領帶和人蔘

去上一次古老的教堂

去逛一趟找不到出口的地下街

去設計一次冰雕的圖案

去拍一次心情的寫真

去問侯溥儀的遺孀

去張學良的故居打聽房地產

旅行回來後

童年便和我分手了

於是我將眾多的照片

重新組合成一條記憶的詩路

從大連一直到哈爾濱[77]

　　此詩特殊在於，並不直接描繪自己的童年生活點滴、或直陳花蓮在地景象，而是透過到中國的東北旅行，重組「花蓮—在地」的歷史構面，並投射出中國歷史與臺灣歷史的複雜走向與互涉影響。〈和童年一起旅行〉看似為旅行書寫又為在地書寫，實則多向投射了主體的歷史想像與敘事形態。這回應於前一節述及，在地質素不會只有景象的鋪列，必須涵涉於歷史縱深，使得「此在」的「在地」有著源點根莖，向外發散亦向內聚斂。

五、結語

　　客籍現代詩人的書寫，本夾雜著多向度的課題與質素，從葉日松詩作中拉一條軸線，作為推演「臺灣客家」與「客家—花蓮」的繫聯想像，提供了探尋「在地」（花蓮）的想像基礎，雖然不見得深刻，也無法決然引導書寫意圖，可是相信葉日松投向了許多心力，使「客家—花蓮」作為客家敘事的一部分，能夠成為驅動「臺灣客家」的敘事動能。換句話說，如果花蓮的在地時空能夠容述客家文化，那並不是因為只是葉日松筆下的花蓮意象的淺層表述，花

---

[77] 葉日松，〈和童年一起旅行〉，《葉日松詩選》（花蓮市：葉日松，2014），頁201-204。

蓮是他出生、活動、實踐與回歸的「地方」，花蓮符碼連結迴遊的取徑，得以不斷地往返與探尋的源點。故而，葉日松的花蓮地景書寫，歷史視域與感覺結構投射出的敘事，除了單純寫景，還有歷史事件疊合在地景上的多重性格，於是花蓮不僅是區域的、客家的，也是臺灣敘事的一部分。

六、參考書目

（一）專書

李喬主編，《臺灣客家文學選集 I 》（臺北：前衛出版社，2003）。

邱春美編著，《客家文學導讀》（臺北市：文津，2007）。

黃恆秋，《臺灣客家文學史概論》（新莊：客家臺灣文史工作室，1998）。

葉日松，《生命的唱片》（花蓮市：花縣文化，1993）。

葉日松，《葉日松詩選》（花蓮市：葉日松，2014）。

謝玉玲等著，《臺灣客家詩人──葉日松作品研究》（臺中市：文學街，2017）。

（二）碩博士論文

徐碧霞，《臺灣戰後客語詩研究》（臺南：國立成功大學臺灣文學研究所碩士論文，2005）。

原文〈論葉日松現代詩中的在地意象與敘事技法〉發表於中華本土社會科學會（2019年11月10日），舉辦於之第二屆社會科學本土化學術研討會暨第三屆本土諮商心理學學術研討會──「社會科學本土化的開展」。

論黃克全《流自冬季血管的詩》的生命課題

摘要

　　仔細審視黃克全的創作歷程，可以發現他的關注點並非一開始就以老兵為主，而是透過不同的關懷視角，從個人生命的內在凝視轉向他人的生命姿態，再投入老兵的歷史境遇。也因如此，使得他的書寫其偏向「存在主義」思維的能量，有著個人生命情境的對應點。同時，若說黃克全的書寫，是為了抒緩生命之孤獨的話，那麼其孤獨必然包含了生命觀、歷史觀的交互涉入，一如以他人之逝作為生命意向的探討點，以老兵回應歷史的非理性與不可預測性，都以超越個人生命經驗的方式向外不斷地延伸。故本文將透過《流自冬季血管的詩》，探究黃克全詩作中對於「生命」課題的凝視與反思，並擴延黃克全的思想深度，進而建構黃克全的精神圖像與關懷人生、歷史的起始點。

關鍵詞：黃克全、《流自冬季血管的詩》、老兵、生命、歷史

一、前言

　　黃克全（1952-），籍貫福建省金門縣。筆名有金沙寒、黃啟、黃盡歡、浯江二十四劃生等。私立輔仁大學中文系畢業，曾任《書評書目》雜誌社編輯，曾獲國軍新文藝短篇小說銀像獎、國軍新文藝金像獎新詩類獎、吳濁流文學獎等。相關著作有散文《蜻蜓哲學家》（1985年）[78]；小說《玻璃牙齒的狼》（1986年）、《太人性的小鎮》（1992年）、《夜戲》（1994年）、《時間懺悔錄》（2003年）；新詩集《流自冬季血管的詩》（1995年）、《兩百個玩笑》（2006年）等。

　　先行的研究上，以黃克全及其作品為研究對象者，有蔡鈺鑫的〈老兵作家代表：黃克全的「老兵不死（十首）」詩賞析〉、謝鴻文的〈相忘於江湖──黃克全孤獨的文學修行之旅〉、菩提的〈風貌凋零──試讀黃克全詩集《兩百個玩笑》〉、楊孟珠的〈雙鄉視野與戰地記憶：黃克全的金門書寫〉等。至於其他雖不以黃克全為主要研究對象，但在研究內容上較具規模或將黃克全作為比較對象者，有曾淑惠的《老兵文學研究》、錢弘捷的《戰後臺灣小說中老兵書寫的離散思維》、陳萬益的〈隨風飄零的蒲公英：臺灣散文的老兵思維〉等。

　　先行研究中多側重二個面向：第一是對於「老兵」的書寫與詮釋，這主要原因在於，黃克全早期的《玻璃牙齒的狼》等作品中較側重於作家個人內在思維的書寫之外，後來的《太人性的小鎮》、

---

[78] 此書為黃克全第一本散文集，並用筆名「浯江二十四劃生」出版。

《夜戲》、《兩百個玩笑》等作品，黃克全已從個人內在及生命意向的凝視，轉向了社會層面──「老兵」的關懷。這使得後續研究，幾乎就把黃克全與「老兵文學作家」劃上了等號；第二則是關於「金門」的書寫，主要原因除黃克全籍貫（出生地）的地緣關係外，亦如彭瑞金所述：「以一個愛自己鄉土的作家，他的用心，在於喚起整個金門人的覺醒，喚起金門人應有的金門人意識。」[79]這或許也說明了，黃克全的書寫中，多不採取「呼告」的口吻來引導讀者的思想走向，而是以「故事」的情節，並以憂闇、癡狂與訕笑的視角述說金門島上發生的一切，這種對於「金門」的「時空」的界定與鋪陳，往往讓人沈重異常，卻也是明瞭作者筆下悲劇圖像的最好途徑。

　　然而這樣的研究視角，卻可能使讀者忽略了作家的生命歷程與心境轉折。因此本文以黃克全的《流自冬季血管的詩》為研究對象，其主要原因有二：第一，以黃克全的詩作為論述基礎的研究，其實是相對較少的，過去的研究或關注焦點多著重在作家的小說和散文的文本解析上，例如錢弘捷等；第二，如果審視前面所述的先行研究，即可發現多著重於「老兵文學」、「金門書寫」的觀照，例如陳萬益、楊孟珠等人的研究即從這樣的視角切入，相對地，黃克全早期作品中，那種於生命課題的探索，反而較少研究者觸及。基於以上，本文將不直接從黃克全的金門及老兵的書寫切入，而是透過詩集《流自冬季血管的詩》，並運用文本分析的研究方法與取徑，探究黃克全詩作中對於「生命」課題的凝視與反思，並擴延黃克全的思想深度，進而建構黃克全的精神圖像與關懷人生、歷史的起始點。

---

[79]　彭瑞金，〈黃克全小說座談會〉，《太人性的小鎮》（臺中市：晨星，1992），頁224。

二、凝視死亡的生命視角

　　黃克全1952年出生於戰地金門，但六歲（1958年）時即因八二三砲戰，隨著祖母、大姐疏散來臺。1960年返金門，再遇六一七、六一九砲戰，直至1969年再度來臺，[80]生活重心則移往臺灣本島。從這裡我們可以發現兩個重要的課題，第一是金門的戰地歷史，第二則是黃克全的成長經驗，而這兩者又和戰爭的環境因素脫離不了干係。我們應了解到，關於金門的戰地歷史，在地理空間上，金門是屬於中華民國於1949年撤退到臺灣後的有效轄地之一，但在政治史上和戰爭史上，金門卻深深地被扣緊在臺灣與中國的近現代歷史戰亂之中，並藉以牽引臺灣與中國在歷史上的糾葛，更說明了為何歷史的遞變深刻地影響金門的人、事、物。除此之外，兩岸之間的對峙、戰爭與體制的變革，亦介入了金門（人）生活。[81]然本文並非是要述明金門的歷史，也非要深入探究金門在臺灣歷史上的特殊意義。但總的說來，戰地下的金門及發生的種種故事，確實有著更多或不易令臺灣本島的人所理解的情感結構。

　　接下來直接來看黃克全第一首公開發表於《中外文學》的詩作：

　　〈砲擊夜〉
　　父親回來時

---

[80]　黃克全，〈寫作年表〉，《流自冬季血管的詩》（桃園市：桃縣文化，1995），頁106。

[81]　兩岸的對峙與戰爭，深刻地影響到金門的發展，例如1958年8月23日的「八二三砲戰」等即是。請參閱黃克全，〈黃克全寫作紀事〉，《夜戲》（臺北：爾雅，1994），頁191。

沿途把漫天揚舞的流彈

咬得鏗喀價響

朵朵鬱怒的霰花

於兩眸奔放

陰麗的姿容說我就是

戰爭之顏

一顆星宿躍落

後院斷落的雕石柱上

村廟中所有的神祇

午夜皆以袍袖掩臉

青塚內外者全坐起

（唉　兄弟你為何總愛追問）

烏烏的低泣無非是

一些刻於風中的

命運而已[82]

　　詩中，以一個村落遭受襲擊描述出彈火雨落的情景，同時一個
「父親之子」的視角描寫出戰火親臨的氛圍。父親回來了，但不是
平安地回到溫暖的家，在那個動盪不安的「前線」，把戰火當作炊
煙烹煮成島嶼上每一戶人家的伙食，將所有人的餵飽後，用接近嘔

[82] 黃克全，〈砲擊夜〉，《中外文學》第5卷第5期（1976.10），頁180。

吐的心將戰爭灑滿了生活的周遭。如果詩人看過了「星宿躍落」，那麼可能是無數顆的彈火擊落了前線人民的生命，夜在此時不止息地熱鬧起來。詩末的「命運」二字，點明了戰爭的無情，誰會向「青塚」靠攏不過是宿命的玩笑與安排。要追問誰呢？是人禍還是蒼天莫可奈何的遊戲，風的聲伴雜的不過是低泣的嗚咽與生命憂闇的一抹微笑。

首度公開發表於期刊雜誌的詩作，題目就訂為「砲擊夜」，直接表現戰爭突臨。但仔細審視，類似的書寫其實不僅僅只有在黃克全的詩作中，對於其他同樣經歷過類似歷史經驗的金門作家而言，其實就像基因一樣，牢牢地嵌進了當時金門人的集體潛意識（collective unconscious）裡頭，成為了金門人共同擁有的時代共像，一如歷史無盡的鍊索，緊緊地擁著金門人，將其遺傳下去。或者進一步地說，金門作為戰地前線的「空間」，承載了此地的全部個體的歷時記憶，也可以說是50、60年代的金門，造就了像黃克全等的金門作家特殊表述記憶的「時間軸」和「空間軸」。

也因如此，類似於黃克全於戰後出生的作家群，才有了完整且特殊的「金門經驗」，亦即透過戰爭、戰地的歷史軸線，將自身編織在近代史（文學）的脈絡當中。但也因為金門作家書寫與發聲位置的特殊性，使得他們的「現身」往往不是在「臺灣文學史」的主流論述出現，而是透過區域性的文學社群的視角，將其納入地方文學的脈絡中。如此一來，金門成為了「臺灣」之外的邊陲，但事實上，相較於臺灣人民，島嶼金門從國民政府撤退之後，就無端地被擺置在「戰爭前線」的位置上，作為國共戰爭的「中介」，而苦痛則轉由金門作家的書寫陳述出來。

所以不僅黃克全的詩內有濃厚的戰火煙熖，在其他幾位金門

作家，例如歐陽柏燕的〈祈禱・砲聲走遠〉、張國治〈懷——給鄉
雨〉[83]等人的作品中亦可見不止息的砲聲，在詩語言間聲聲作響，
以下就以歐陽柏燕的〈祈禱・砲聲走遠〉為例：

〈祈禱・砲聲走遠〉
只能聽聲辨位
無從追索月光的腳印
找到安全的洞穴
深入睡眠

（中略）

咻——碰——
瞌睡蟲陣亡不少
夢被攔截追殺
逃進驚險曲徑
或遠或近的爆炸聲
隱約的光點似有所昭示
不知今夜
誰家遺失崩碎了平安符

咻——碰——
誰來安撫受驚的小孩

83 張國治，〈懷——給鄉雨〉，《雪白的夜》（臺北：詩之華出版社，1991），頁196-
    197。

單號晚上
晃動的天地中
還能選擇什麼密室
安置落難的黑影

輾轉
翻滾在島嶼邊緣
承擔火光銳角的撞擊
尋求祖靈的庇蔭
拈香膜拜
裊裊氤氳中
逃進另一個夢
咻——碰——
祈禱
砲聲走遠[84]

　　歐陽柏燕也是金門代表詩人之一，出生於1960年，雖然是在八二三砲戰後出生，但基本上誠如詩人白靈所述，歐陽柏燕一直處於一個「準戰爭」的狀態，而她的周遭環境與生命歷程幾乎與「戰爭」的氛圍撕裂不開，故砲彈襲擊她的詩，[85]其實也呈顯了金門作家精神結構中的潛抑情結，為何是我？為何這些生死界臨的恐懼是由我們來承受？這一切的一切，究竟有什麼樣的意義？正成為歐陽

---

[84] 歐陽柏燕，〈祈禱‧砲聲走遠〉，《燕尾與馬背的燦爛時光》（臺北：九歌，2008），頁106-108。
[85] 白靈，〈點「金」成詩〉，《燕尾與馬背的燦爛時光》（臺北：九歌，2008），頁3。

柏燕尋覓的撫慰。

　　再回過看此詩，這首詩，不論從題名到內容，和〈砲擊夜〉幾乎相彷，只是相較於〈砲擊夜〉將命運掛成了最後的啟示，在〈祈禱‧砲聲走遠〉裡，有一股純真與堅毅力量，支撐著詩人面對著砲彈襲臨的世界。而且相較於〈砲擊夜〉將「星」的隕落化成了生命的哀歌，裡頭催動了更多宗教、心靈的禱祝。比較二詩，「砲聲」是兩位詩人出生的祝福聲，將他們的一生安置在火焰的燒燬中，這非他們所願，也不是臺灣本島的人民可以輕易理解的感覺結構（structure of felling），卻如此鮮活地鑲在黃克全、歐陽柏燕的成長經歷裡。

　　不過，金門雖然交賦了作家們殊異的感覺結構與生命體驗，但在作家的眼中，應還有比書寫「戰爭」更為深刻的情感故事，如果前面所談的是黃克全所處的歷史情境，那麼對於一位金門籍的作家來說，這是環境影響的原因之一，還不能完全地反映或印證寫作的觀點。我們必須將視角放到當時文壇（詩壇）的思潮影響上，進而思索黃克全受到的影響為何？首先較為人熟知者，應為50、60年代所盛行的現代主義、存在主義等西方思潮的引入，例如50年代中期以後因著「現代詩」、「藍星」和「創世紀」的相繼創刊（立），而1960年白先勇創辦的《現代文學》更是引進西方現代文藝思潮的重要刊物之一。以詩壇來說，現代主義的引入其實不光僅僅影響了當時的「現代詩」、「藍星」和「創世紀」，就連本土詩社的「笠」詩人，亦或多或少受其影響，並曾在60年代的時候，寫過類似的作品。這些思潮的興起，應或多或少影響了當時的黃克全，並造就了他對於人生悲劇面、灰闇面的剝離與清理，最明顯者當屬他於1976年開始發表對黃春明、七等生、顏元叔的評論文章，即開始

探究關於「存有」的課題。[86]

　　文壇思潮的影響，是否就能夠支撐起黃克全的思想結構，或如何表現了所謂的「存在主義」[87]，是值得再探討的。但若說他完全脫出於存在主義思潮的影響，或說是對於生命困頓出口的思考，顯然又無法完全符合他作品中的內在思維。因此與其探究他的作品符不符合現代主義（或說存在主義）的規範，更應探究他是因何採取何種詩觀與生命觀，或許更能夠解答這樣的疑問。

　　回顧黃克全早期的作品〈玻璃牙齒的狼〉，黃克全之所以對於生命有所體悟、不捨甚至是投射的心理，似乎是來自於他早逝的「弟弟」。在近乎半自傳式的散文〈玻璃牙齒的狼〉中，黃克全以第一人稱「我」的口吻述說一切，其中最令文中的「我」情感崩潰的一幕，是因為「我」不知道弟弟已病了，還用力敲打弟弟的頭，以為好玩的下場，卻是換來一生對弟弟的死無法釋懷的情緒。在文中，「我」後來雖然明白弟弟是死於肺炎，但無知用力敲打的一幕，卻反過來重重地敲擊著自己，甚至是無法原諒自己。對於生命逝去的苦楚，似乎也啟發了黃克全早慧的心，讓他思索生命的意義為何？弟弟又去了哪裡？生命的意向最終走向了哪裡？等等的課題。

　　也許是對弟弟早逝的自我責難，也許是對生命無常的吶喊，對於弟弟的不捨與生命意向的追尋，經常出現在不同作品，以在《流自冬季血管的詩》的〈到處的弟弟之國〉為例：

---

[86]　1979年，黃克全於輔大夜間部畢業前夕，寫就〈恐懼與顫怖──論七等生『我愛黑眼珠』中李龍第生命信仰之辯證性〉。請參閱黃克全，〈黃克全寫作紀事〉，《夜戲》（臺北：爾雅，1994），頁191。

[87]　〈黃克全小說座談會〉一文中，葉石濤認為黃克全的小說表現了存在主義小說的手法，藉以探討人的存在與周圍環境是荒謬的對立。請參考葉石濤，〈黃克全小說座談會〉，《太人性的小鎮》，（臺中市：晨星，1992），頁217。

〈到處的弟弟之國〉
巴掌大的黑白腹紋蜘蛛
在荒草埋膝的墓園偏門
宛如牠是神祕之地的守護神
輕輕拂開
半是虔誠，半是恐懼

我找不到弟弟藏身之穴
忘了若干年前下的錨
正午的黑暗中
弟弟的船飄走不知所蹤
直到一枚木麻黃針葉提醒我
也許那隻蜘蛛就是弟弟
不，為什麼不是
是我推開他，如今
他身到夢空鳥啄聲的背面去了

這片翻滾的草原，每一根草莖都是
草尖上一枚枚眼瞳，瞅著
我站在弟弟的眼睛之海裡[88]

　　詩中從蜘蛛的守墓作為意象的起點，進而延伸到「弟弟藏身之穴」。整首詩以「處所」作為詩的核心意象，從實質的墓穴──

---

[88]　黃克全，〈到處的弟弟之國〉，《流自冬季血管的詩》（桃園市：桃縣文化，1995），頁21-22。

弟弟藏身之穴，到空闊蒼茫的草地，再到「死亡」最終存留在作者心中的思想的「歸處」。以「空間」展開一趟找尋生命的旅程。詩中，透露著生／死、實存／虛幻、此岸／彼岸的交錯，更有著作者自我內在，審視死亡與存在的共涉關係。

　　這除了揭示我們面對於他人和自身的生命互動之外，也深刻地反映出對於他人和自我死亡課題的領略，因此死亡帶來的醒悟與衝擊，不僅揭露了他人死亡的事實，也揭露了「我」通往死亡路途的必然性。更深入地來說，作者對於弟弟之逝的悼念，正揭露了作者看見了生命通過「死亡」其完整的領悟。

　　整首詩不單純以死亡勾勒整首詩的圖像，也並不直接描述「弟弟」的逝，反而先以「我」之存在，進而展開一場尋覓的路程，再推及於弟弟何在的問號。尋找的過程並未給予「我」確實的答案，「直到一枚木麻黃針葉提醒我」，才推測「也許那隻蜘蛛就是弟弟」。然而真相究竟是什麼，那可能存在的跡象，竟難以構成一個明確的答案，因為「是我推開他，如今／他身到夢空鳥啄聲的背面去」。這種以生／死作為區隔的書寫，不僅追憶著亡者，也追尋生者生存下去的意義。一如最末所述，「我站在弟弟的眼睛之海裡」，正有著我之眼代替弟弟而看、而活的企圖，但在彼岸的那頭，也許我正靜靜地被凝視著。這樣生者代替亡者的言語形式，似乎成為了「我」如何而存、為何而存的內在探索。

　　只是，如果死亡的結果是過去式而非完成式的，那麼如何將「死亡」看成現世的課題，似乎沉重地壓在詩的行進間，讓人難以取得喘息的空間，以〈夢中樹〉為例：

〈夢中樹〉

我看到

許多孩子攀爬在番石榴

樹上的枝椏，摘著

一顆顆又酸又澀的甜果子

其中最高枝的那個人正是

童年的我，臉上盈溢金色微笑

沒有夢幻的童年

不知今日超現實的痛苦

我無法想像，為什麼

孩子們能這樣快樂

是貧窮的心使他們爬上那株

比夢還要高大蓊鬱的樹上的

我無法想像[89]

　　字句間無法純粹地認定為是對作者的弟弟的追憶。然而對應於上述的〈到處的弟弟之國〉的話，卻可感受到生者在現實之間，強烈地被剝離後的虛脫感。這種對於現實脆裂無以負擔的心情，似乎是來自於「童年的我」所殘留的陰影所致。如果以Henz Kohut的「自體心理學」概念來陳述，[90]在小孩的心理結構的建構過程中，弟弟的死亡，父母親因此有所轉變的對待行為，間接地導致自體的無法滿足，以致於「快樂」的情感的缺乏，則成為人格底下無法被滿足所留下的一種結晶點，而陰影的殘缺則深深地嵌進了自體。

---

[89] 黃克全，〈夢中樹〉，《流自冬季血管的詩》（桃園市：桃縣文化，1995），頁3-4。

[90] Henz Kohut作，許豪沖譯，《自體的重建》（臺北市：心理，2002），頁60。

詩中一句「不知今日超現實的痛苦」,一面投向了「沒有夢幻的童年」的沒有滿足和陰影,一面則殘留著「遺憾」、「悔恨」的情結。當「孩子們」可以快樂地遊玩時,「我」竟無法想像這是何來的力量所致,因為「我」喪失這種快樂的權利與義務,不論在現實或「超現實」,快樂早已離我而去。我被現實捆綁,亦被「超現實」的夢壓迫。這種來自童年「自體」的傷害,不能不說是弟弟之逝的關係,而其傷害在心理結構上以一種「抑鬱」、「不快樂」作為「我」的防禦作用,藉以顯示「我」付出代價。我以我的不快樂作為懲罰的替代,以求取心理上的抒緩或壓力。不論是現實之世或是夢境之區,皆以極端性的方式壓抑著「我」,這種想要藉由夢宣洩壓力的可能性,亦被扭曲成對於現實的償還,夢中的一切比現實還來得真實,卻更令人痛苦與不堪。

從〈到處的弟弟之國〉和〈夢中樹〉,初步地歸結黃克全在這兩首詩所表露的情感和對逝者的哀悼。但如第一節所提,如果這僅只是追悼生命的書寫形式,以及對於親情消匿的苦楚反應,那麼生命如何找到更深層的角落,如何找尋一種對自我生命的凝視的態度?例如:

〈冬盡〉
此生燄火將盡
取來愛,或恨的枯枝續火暖身
讀完最後一頁近代史
才赫然發覺

自己是最後一句點[91]

　　〈冬盡〉是「暗光九首」[92]組詩中的一首。在「暗光九首」中，我們可以看到一種對於生命和光明趨於隕落的懼恐與逝憶，而〈冬盡〉似乎就以時間的瞬落與寂寥吻上了作者的筆。初步看來，詩以史寓託自身的著落，正是在「有限」與「無限」間的拉扯與對話。

　　詩有圖畫式的意象展現，以「我」為主角，閱讀著「近代史」的場景作為場地的鋪陳，而火之燃富予圖畫一種溫馨的感受，一如「愛」和「恨」的交織般的熾烈無比。但動作結束的當下，是一種劇場式的震撼，原來「自己是最後一句點」，正將自己與書作一連結，一起呼應了歷史最終的答案，即是「死亡」的記載。這裡頭有將生命投射在歷史中的情結，但願求取生命意志的最終永恆，但願求取我是歷史中得以呈現的一個註腳。生命與歷史在「我」面前的集合與消失，其衝擊正如此地強大無比。

　　與〈冬盡〉相似，同樣將生命化為戲劇感的還有〈蠟燭〉：

　　〈蠟燭〉
　　燃點起生命本質的戲劇

　　輝煌落及三寸
　　靜靜的絕望

---

[91]　黃克全，〈冬盡〉，《流自冬季血管的詩》（桃園市：桃縣文化，1995），頁72。
[92]　「暗光九首」組詩的篇名為〈漁火〉、〈戰壕〉、〈冬盡〉、〈月夜〉、〈蠟燭〉、〈拾荒著〉、〈動物園之豹〉、〈樹〉、〈除夕〉。

蓬蓬輝亮[93]

　　以「蠟燭」作為生命的象徵及轉化，認為「生命」有其「輝煌落及三寸」的短暫時光，但卻也慢慢地自我消融、解消，進入了一種「靜靜的絕望」的孤獨無依、消失於此的悲嘆。這種以有限的物質譬喻成有限的生命，其實是一種對於「有限」的恐懼所致，而生命的本質被當成了「蠟燭」的戲劇，則在於期望能夠發光發熱的精神投射之上，但對於「消失」與無法長久的害怕，卻只能以「絕望」作為代表。

　　從〈到處的弟弟之國〉到〈蠟燭〉，感受到黃克全在生命課題上的摸索與無助，從他人之逝擴及於自我對於生命意向的不定感，深怕在無盡的深淵中，無以明瞭「我」將何存的焦慮。「生命」之去處的無言吶喊，除了文（詩）壇的影響外；還融雜了詩人的生長經驗與成長歷程。這使得詩人的詩作能將「生命」的內在凝視與呼告，作更有深度的轉化與探詢，藉以緩解「死亡」帶來的恐懼與徬徨，進而提昇至現世的關懷，誠摯地對待其他個體現於世的不同遭遇。

三、俯拾即是的人間圖像

　　閱讀《流自冬季血管的詩》，還可發現當中有許多的篇章，多著重於描寫庶民人物及其相關的事物。這與後來的《兩百個玩笑》傾力刻畫「老兵」及軍眷等的題材上，看似有些許的不同，然中

---

[93] 黃克全，〈蠟燭〉，《流自冬季血管的詩》（桃園市：桃縣文化，1995），頁73-74。

間有著相同的關懷點，即對人生處境的重置與報導。以〈農夫〉
為例：

〈農夫〉
在那塊磽薄上地跪爬著的
身軀　何以這般熟悉
一鋤鋤刨挖泥土
挑出石頭　剷去野草
啊　我想起來了
他的手指枯顫
他也正在用這雙手寫詩啊
默默的　在田裡
而我　在稿紙
我們是命運相同的人
有著　緊抿的嘴角
緊抿的悲哀　以及
相同的　無人搭理[94]

　　農夫是個被觀察的對象，但自己——「我」也是個被觀察的
對象，同樣被詩人黃克全觀察著。但農夫是個再不凡不過的人物象
徵，而「我」呢？「我」的命運是什麼呢？原來農夫與「我」都是
「我們是命運相同的人」，同樣「有著　緊抿的嘴角／緊抿的悲哀
以及／相同的　無人搭理」的悲慘遭遇。這首詩看似描寫「農

---

[94] 黃克全，〈農夫〉，《流自冬季血管的詩》（桃園市：桃縣文化，1995），頁36-37。

夫」，但其實是用來鏡映「我」，用稿紙低頭耕耘，藉以印證微弱的聲音還存留著。

　　勾勒兩種職業的人在兩個世界的運作情形，然他們都以一種姿態活著，那就是「孤獨」。這印證了黃克全以孤獨的視角探照著他人，也藉他人的孤獨印證「我」之存在，不僅僅只是喧囂的證明，而是一種意志的最終安置。一如黃克全在《流自冬季血管的詩》的〈自序〉提到：

　　　　詩，見證了人世的悲哀傷苦，以及人與人之間的凝視，進
　　　　而，也見證了這份凝視下互濡以沫慰藉及精神價值，誰要是
　　　　說，詩，沒什麼用處，不能令什麼發生，答的人可以這樣接
　　　　下去說：沒錯，但詩使我們的傷痛和孤獨稍稍得以忍受及減
　　　　輕了些。[95]

　　我們或可將詩人的「孤獨」作兩個解讀，其一是與上一節當中提到的有其類似之處，那就是人之生命無奈與不可預測的最終意向。當被拋擲於世的那一刻，註定了詩人所承負焦慮，那不是純然的我為何而來，而是我來到的那一瞬間，人世間的悲哀傷苦竟無止息地朝了詩人撲來，痛苦的「我」反覆糾結著生命與生命交錯的種種，那是生命的不可預測，卻也是人生的一部分，於是詩人付出了代價，以孤獨餵養著自己，以孤獨餵養著人世難以理解的悲歡離合。其次，然而若將此種「孤獨」投射在人間情感的轉折之上，即可發現是對於生命的看待。不論是詩人、農夫，都在不可測的人世

---

[95] 黃克全，〈自序〉，《流自冬季血管的詩》（桃園市：桃縣文化，1995）。

間默默地勞動著，但農夫以耕作作為實踐的存在，而詩人（黃克全）則以詩的書寫，驗證他的存在，以減輕人世間的無奈與隔閡。

凝視世界的萬物成為了黃克全書寫的題材，回應了詩人內在的悸動與渴望，以「人間群像」的組詩[96]為例：

〈瞎子〉
感激你使我更看清這個世界
黑果然包容了所有的顏色
雨滴，不分界線落下來
我相信你終究也愛執著那份殘酷的手
就像愛執著黑暗的手一樣[97]

「顏色」的燦爛不單在於明眼人所見，而是愛的付出，所見、所不見僅只是皮相的差異，愛的行動是「心」的感動，這清楚地點出世界的顏色來自於「愛」所染，否則依然灰白無比。「瞎子」所見者，是提示了詩人認真面對世界、勇於付出而實踐的態度，否則見不見的黑，就不絕止於眼睛的暮、世界的夜，而是殘酷地介入人們的周遭。

如果說〈瞎子〉是為了探求「愛」的實踐，那麼〈吃橘子的智障婦人〉就成為了上帝難以求全的一種解答：

---

[96] 「人間群像（十五首）」組詩的篇名為：〈瞎子〉、〈梵谷〉、〈拾荒老人〉、〈鐵路局值夜工〉、〈吃橘子的智障婦人〉、〈純真戀人〉、〈天橋老乞〉、〈老兵之街〉、〈賣口香糖的過馬路〉、〈某黑街神女〉、〈撫額的警察〉、〈西雅圖的阿三〉、〈遇見昔日戀人的姑娘〉、〈等待的獄卒〉、〈孤獨的小孩〉。
[97] 黃克全，〈瞎子〉，《流自冬季血管的詩》（桃園市：桃縣文化，1995），頁10。

〈吃橘子的智障婦人〉
好像橘子都會感激妳吃它的那種吃法
虔誠咀嚼下橘子的奧祕
旁觀者路人慚愧不解
為什麼事物本體芳香只向妳一人開放
妳吃橘子的身姿終於使我悲切明白
原屬於最個人的味覺
竟然也會被社會性禁錮
隔絕、欺騙，以及侮辱[98]

「好像橘子都會感激妳吃它的那種吃法」，以一種反諷的語言對比出食物和婦人的關係。婦人看似在品嘗著橘子的同時，旁人思考的是什麼，是一種慚愧不解，那是什麼樣的心情，是永遠無法理解的，亦或是不想理解的。

然而「妳吃橘子的身姿終於使我悲切明白／原屬於最個人的味覺／竟然也會被社會性禁錮／隔絕、欺騙，以及侮辱」，這四句其實述說了一種對於身體欲望的剝離與隔絕。但這裡所謂的欲望，並不單指性欲的驅動，而是指向生命自己找尋生命出口的驅力，一種肯認生命如此存在的形態與力量。但對於一個「智障」的婦人而言，她知悉她的行動、價值意義嗎？旁人以一種不解的心情看待時，他們看到的只是一個人的行動，亦或是人生當中無以解答的悲切，似乎成了這首詩當中反覆自問自答的無限循環。

與〈吃橘子的智障婦人〉相似，但卻有著召喚人心的則是〈賣

---

[98] 黃克全，〈吃橘子的智障婦人〉，《流自冬季血管的詩》（桃園市：桃縣文化，1995），頁12-13。

口香糖的過馬路〉：

　　　　〈賣口香糖的過馬路〉
　　　　我看見居然無人看見你過馬路
　　　　莫非他們的視力在那一瞬間都過繼
　　　　集中到我的眼睛
　　　　難怪我的眼瞳脹痛不堪承受
　　　　你需要的是一臺更飛快的輪椅
　　　　我，一瓶眼藥水
　　　　眾人，一支手術刀[99]

　　首句以「我看見居然無人看見你過馬路」，以「在場者」的姿態描述這一切。見不見的區別，已不再是明眼與盲睛的感官世界，現實的世界，心的失色才造就了他們的黑暗，光明無法折射出彩色，那不是色彩的本意，心虛偽的跳動只是說明時間瞬間淹沒人們的可能。

　　「莫非他們的視力在那一瞬間都過繼／集中到我的眼睛」突顯出見不見的世界，不在於能或不能，而在於要與不要，感受與否的深刻體悟。那麼這場病要如何醫治，是「一瓶眼藥水」或是「一支手術刀」，亦或是冰冷的手術宝中令人迷失的麻醉劑，清醒已無復求，那麼沉默的睡去，或許是另一種拯救的手段。

　　在這一小節當中，可以看到黃克全將書寫的重心移轉到了他人，而「他人」除了下一節要談到的老兵課題之外，最明顯者即是

---

[99] 黃克全，〈賣口香糖的過馬路〉，《流自冬季血管的詩》（桃園市：桃縣文化，1995），頁15-16。

對於人世間上演的悲歡離合的強烈介入，例如〈瞎子〉、〈吃橘子的智障婦人〉等。但介入不是干預他人的生命歷程，而是採取共鳴式的實踐，召喚更多人看見，使得生命遭受無情的打擊後的景況，更夠被更多人關注。這種藉由書寫他人悲慘景況的方式，除了是作者抒發個人情感的模式，也是生命中最不抗拒的部分，作了某種程度的反思。也因為如此，這使得黃克全的老兵書寫，已從社會體系的頡頑中脫出，找尋另一個詮釋視角。

四、刻畫歷史的老兵悲曲

如第一節所言，黃克全的老兵書寫，使他在老兵文學的行列佔有重要的位置，但對於「老兵」符號的運用，卻不得不深思個體在歷史十字路口下的轉折點，其思考還可以解釋為黃克全之所以異於其他金門籍作家（詩人）群的關懷視角。審視其他金門籍的作家（詩人），讀者會發現黃克全是少數著力於描繪「人」的故事的詩人，如果以前面提過的歐陽柏燕的作品來看，即能有明顯的差異點，雖然兩人都或多或少寫關於金門遭受砲擊的情景，但黃克全後續的作品中卻花了更多的心思，呈顯「老兵」身影的片段。

也因為如此，使得黃克全的生命個體從懵懂無知的少年，開始走入他人的內心世界與生命經歷。對此或可從黃克全的〈老芋仔，我為你寫下〉中找到回應點：

> 我本來是個無知無邪的少年，如今卻因觀睹你們的戲劇而啟引了一道知窗，使我對自己及其他人生的幸福再也不能安坦

接受。[100]

　　〈老芋仔，我為你寫下〉一文，可謂黃克全老兵書寫中的代表作，也是他書寫的核心價值所在。如引文所述，他是被牽動了情感而投入，他無法袖手旁觀，他知道他要為了自己和他人的幸福作出一些犧牲，那就是書寫，藉以挖掘歷史的角落也無法輕啟的哀愁。關於此，錢弘捷在他的碩士論文亦曾提到，相較於其他作家描寫的老兵，如何在臺灣這塊土地生根、文化認同等面向，黃克全是採取了記憶、人性以及歷史的意象拉扯。[101]錢弘捷點出了黃克全老兵書寫的特異思維，他不單純從身分、意識形態和國族認同的視角介入，而是從更寬泛的歷史剖面來審視這一切，而能令歷史有所反思性則關乎於「人」的能動性。這裡並不是要將黃克全的作品推向「社會實踐」的策略，相反地，黃克全的作品中，並不追求實踐的可能性，而是從中抽離出一個歷史下的故事，關於「人」的真實故事。

　　黃克全似乎較不純粹以「身分」的課題，來釐清「老兵」書寫的課題，而是從生命在歷史變動下的遭遇作為反思的起點。其中重要的原因有二：第一，「身分」是被建構與被推移的，若單純以身分的類別作為文學範疇的討論的話，那麼勢必會有不同的界定概念，對此或可藉用張茂桂的一段話來說明：

　　　　「身分」必然是一種有相對性的社會關係位置，如同性別、

---

[100] 黃克全，〈老芋仔，我為你寫下〉，《聯合報》，1993.10.18，第35版。
[101] 錢弘捷，《戰後臺灣小說中老兵書寫的離散思維》（臺南：國立成功大學臺灣文學研究所碩士論文，2005），頁201。

籍貫、族群、階級等社會類屬所指涉。表面上這些都是原來存在的社會類屬名稱，但是，所有社會類屬的形成，都不是在真空中發生，而是在歷史時空中、持續的情境裡面，逐漸被「建構」出來的產物，也不能用個體的所謂「本質」來充分代表，而是必須用它的社會位置、相對關係位置來代表。[102]

　　張茂桂點出了「身分」的社會性意義，亦即被建構的過程。但不可忘卻是的其中「歷史時空」所形構的主要因素，這使得我們看待黃克全的作品有著更廣闊的視野，因為黃克全更多的部分是在探究「老兵」作為「戰爭」底下的「人」及其背後的生命經驗、歷史體會與人性的種種考驗。第二是，若從歷史的面向作為切入點的話，能夠更深刻地體會到黃克全試圖表達的歷史課題，而不僅僅只是意識形態的推移而已。然而上述的二點並不是要否定「老兵」作為一種文學類別的區隔，[103]而是期望透過更具反思性的層面來探討人與歷史共構的精神圖像。

　　誠如前面提過的，「戰地金門」成為金門作家群筆下殊異的「時空體」，承載了流經此地的許多歷史片段，一如黃克全的《夜戲》和《太人性的小鎮》裡頭談不完的「軍人」與「居民」相處的故事，這使得老兵的背後，其實濃縮了「軍」和「民」的共處經驗。簡單來說，「老兵」是一個蛻變後的符碼象徵，它指涉了黃克全的年少經驗，也指向了社會上對於「老兵」安置何處的疑問。與

---

[102] 張茂桂，〈臺灣歷史上的族群關係──談「身分認同政治」的幾個問題〉，《講義彙編：臺灣史蹟研習會講義彙編》第85期（1996.02），頁4。
[103] 關於「老兵文學」的定義及界定範疇，限於本文篇幅無法詳細述明，待往後另闢專章討論之。相關研究可參閱曾淑惠的《老兵文學研究》一文。

是乎，說著「老兵」的故事，就等於在說著黃克全生命歷程中的另一個面向，即便他不是「老兵」，也沒人可以取代詩人撰寫故事的基本初衷。以下先來看一首〈少年國軍〉：

〈少年國軍〉
瞳眼落在陰影的遠方
現在，只有不溢出淚的，堅定唇角的信念
你把悲哀留給半世紀後的我
十五歲，蝶翼沾上輕輕花粉的年紀
將投向的遠方，那裏
將有砲聲陣陣的暗影等著你
溫暖的黑暗將撕碎你美好堅定的唇角
十五歲，青春跟中國即將跟你道別的年紀[104]

詩人觀匈牙利籍戰地攝影家羅勃・卡巴題「十五歲的少年兵，漢口，一九三八」有感而作。詩人將自己與畫裡的少年合併為一，同樣歷受著戰爭的摧殘，「少年」原本是個青春美好的記憶，卻因為日本的侵略而變成了保家衛國的軍人。那對於詩人而言也不是如此嗎？原本應該享受無憂無慮的青少年，卻因為生在戰地前線，使得一生都開始不同了。這是半世紀前的哀容，亦是半世紀後的哀愁。

但這樣的主題其實在其他的金門籍作家也偶有類似的關懷，例如歐陽柏燕的〈戰地小英雄〉[105]就是描寫小孩子模仿大人們戰爭的

---

[104] 黃克全，〈少年國軍〉，《流自冬季血管的詩》（桃園市：桃縣文化，1995），頁104-105。
[105] 歐陽柏燕，〈戰地小英雄〉，《燕尾與馬背的燦爛時光》（臺北：九歌，2008），頁42-44。

情況，所以玩的遊戲就變成了「軍事遊戲」，也是這種潛移默化於小孩及青少年的鏡映。

正因為對於歷史的無力感，使得黃克全在《流自冬季血管的詩》裡，不時地刻畫並散落「老兵」的歷史拼圖，從「人間群像」組詩中的〈天橋老乞〉、〈老兵之街〉，字字刻印著歷史巨輪下喘息而活的人們。然而捲進動亂的漂盪之間，能夠守護的又剩下多少，是人們的同情心，還是一顆顆在角落中辨識黑暗與黎明、記憶與真實的心，亦或如〈天橋老乞〉掌心中緊握不住的過往：

〈天橋老乞〉
時代大廈陰影下
你伸出蟑螂的手臂
要求遲遲未償付的酬報
臺兒莊、上海、古寧頭
一枚枚銅皮落進掌心都沾滿了鮮血[106]

「時代」是活著的人對於時間的另一種緬懷與氣度，但它從來不保證人們可以安穩地悠然其中。當老兵伸出「蟑螂的手臂」，是他們苟活的證明卻也是人們鄙視的「他物」，多少人記住了「臺兒莊、上海、古寧頭」的戰役。當下的人們的血液流著的不再是一種向未來企求活著的欲望，而只是連起碼的同情都吝於給付的嘴臉。「老兵」還在奢求什麼，當「一枚枚銅皮落進掌心都沾滿了鮮血」的時候，沁出的血淚，斑駁不住往來的冷漠。

---

[106] 黃克全，〈天橋老乞〉，《流自冬季血管的詩》（桃園市：桃縣文化，1995），頁14。

以老兵的「處境」作為描述對象的書寫，其實構成了黃克全的老兵書寫的主軸，甚至是一種「替代、比擬、換位、想像」[107]作為摹寫老兵向世界呼喚的出口。這也成為〈老兵不死〉的系列作品的重要課題，以下就以〈探親〉一詩作為討論：

　　〈探親〉
　　四十年前
　　妳跟妳肚子裡的孩子正拉扯間
　　我下山為妳找救兵
　　不料遇到一群更好意的大兵
　　要我犧牲小我
　　跟他們去救中國
　　我說我總得跟老婆講一聲呀
　　他們回答不必了，槍聲
　　自然會替我打招呼
　　我這一去
　　像脫了線的佛珠
　　滾落海中

　　真是佛祖有眼呵
　　佛珠居然又從海裡推回岸上
　　這次，我不找救兵了
　　我自己就是救兵

---

[107] 黃克全，〈老芋仔，我為你寫下〉，《聯合報》，1993.10.18，第35版。

而且我帶來了綴補時間

　　這傷口的金針銀線

　　啊，但命運這惡漢總跟我作對

　　我只看到妳隆起的額頭

　　跟從頭上驚飛起來的

　　兩隻白蝴蝶[108]

　　這首詩是「老兵不死」組詩中的一首，[109]但以「探親」為題，說明了老兵一生漂泊身世的記憶回溯。如果回溯臺灣社會及政治的發展即可發現，開放探親的政策，是隨著臺灣島內的政治情境的轉變而來，故於1987年的年底開始開放探親的登記，也揭開了兩岸交流互往的新頁。但對於回到故鄉探親的老兵而言，此行其實充滿了喜怒哀樂，而人生的劇幕正有了更多的悲喜交加。

　　當年的老兵，也許並不是真正為從軍救中國，但在時勢的交迫下，卻要他們犧牲小我。老兵為了妻子去找救兵，但此行一別竟是生死兩岸，活著只為證明妻子之死亡，一切的一切恍如隔世，再清醒不過的莊周夢蝶，亦是昨夜蒼涼一幕。最後「隆起的額頭」豈止於梁祝磧墳的淒楚可擬，歷史無以修補，只能描述血淚遍佈的傷痕，時間無法綴補，只能綁緊疤痕的記號，說著曾經的曾經。整首詩，雖然只是以一位老兵作為描述和想像的對象，但放置在兩岸的歷史當中，又何嘗不是一個家族、一個家國的縮影。這或許也是黃

---

[108] 黃克全，〈探親〉，《流自冬季血管的詩》（桃園市：桃縣文化，1995），頁81-82。
[109] 〈老兵不死（十首）〉組詩的各篇為〈螻蟻〉、〈煙霧〉、〈探親〉、〈鄉愁〉、〈燒酒螺〉、〈沉默〉、〈青春〉、〈流浪〉、〈影子〉、〈清明之前〉。

克全亟欲代替老兵們發言的主要原因，他們的沉默不是鏡映了教訓，而是成就了碎裂了傷痕累累的坑洞，不斷地被挖掘、被填補，再淒然地祭上焚香的最後輕縷。

相較於〈探親〉中喻示的悲歡離合，〈流浪〉又何嘗是幸福的象徵？

〈流浪〉
走遍大江南北
到了臺灣四十年後
才知道這樣原來叫流浪

有風才有空間
有波峰才有波谷
有定居才有流浪
在島上我紮紮實實修習了
一課嚴格的邏輯學

因此我乃開始羨慕
某種魚類無疆界在水中
蜉蝣無慮在空中[110]

這首詩，輕輕地帶出「流浪」的因果關係，但這種「流浪」的感覺卻不是穩定的，從「走遍大江南北／到了臺灣四十年後／才

---

[110] 黃克全，〈流浪〉，《流自冬季血管的詩》（桃園市：桃縣文化，1995），頁86-87。

知道這樣原來叫流浪」當中，可以看出這喻示兩種情緒，一種是從他地到臺灣的輾轉過程，另一種則是「到了臺灣四十年後」的落腳與歸處。前者是一種被迫的流浪過程，後者則是一種自我心靈的流放。但這種行動的流浪與心靈的流放，最終觸發了流浪者的慨然，「因此我乃開始羨慕／某種魚類無疆界在水中／蜉蝣無慮在空中」。人們情感的巨大動量，是來自於所感而來，但與此崩解的同時，亦是不可承受之重，而魚類與蜉蝣的無憂無慮，是因為他們異於人類的物種特性，亦或是俯瞰人生的姿態與領悟，都成為詩人不斷探求的課題。

這首〈流浪〉其實也呼應了另一首〈鄉愁〉的內容：「一件濕重衣裳／緊緊貼住身子／四□人來未曾脫下／終於，對衣服的愁緒／轉成對自己的怨恨／為什麼不脫下——／我不能脫下呀／不，不能／我不能脫掉自己的肌膚／跟骨骼」[111]。如果說鄉愁是所謂的老兵之念，更深層的來說，應是一種對於生命漂泊不定的無言吶喊。一如笠詩社詩人陳明臺曾言：「鄉愁和喪失故鄉的意識，不只是遠離了故鄉，而是被流放，被迫永遠失去故鄉而產生的鄉愁意識。」[112]因此若統合上述的兩首詩，即可發現「失」作為鄉愁與流放的情感的代表性。但這種「鄉愁」、「離散」的漂泊感卻再也不可能離開自身了，「鄉愁」從離開的當下成為了事實，而事實則伴隨著自身回應了當下，糾結的情緒無法被抽離，它成了老兵的筋脈和血骨，而身體的活著正證明了這一切活著，直至白色的骨佔據了版面才能罷休吧！

---

[111] 黃克全，〈鄉愁〉，《流自冬季血管的詩》（桃園市：桃縣文化，1995），頁82-83。
[112] 陳明臺，〈根原的回歸與尋覓——臺灣現代詩人的鄉愁 I 〉，《笠詩刊》第111期（1982.10），頁21。

流浪真的是最後的宿命嗎，安定能否成為可能？歷史的港灣中，是否有刻著老兵之名的船得以停泊的可能？那聲聲遠方傳來的哀嚎，是失敗的慘痛，還是野狗在街角中無以容身的呻吟，一如〈野狗〉終止流浪的某種期盼：

〈野狗〉
來，到我這裡來
我們不能再流浪了
有土就有鄉，有蓋
就成家
就落雨的日子
就有我們追悔懷念的一塊浮洲
來，我們一起到荒蕪出海口
去讀一則未來的歷史吧
那歷史宣示著
眾生終竟皆平等
那時候我們或許不必
更有任何追悔及懷念
在日子的落雨裡[113]

　　這首詩以「野狗」為題，似乎喻示著生命無法為繼、四處流浪的漂泊感。但「野狗」並不單純地指向流浪動物的行為，因為從「來，到我這裡來」開始，詩句就以對話的情境呈現，一方面是人

---

[113] 黃克全，〈野狗〉，《流自冬季血管的詩》（桃園市：桃縣文化，1995），頁93-94。

與動物間的和善交往，但實質上是指涉於人如何在時空的街道中找到安棲的角落。

這首詩呼應〈流浪〉，對於生命的安置的再確切，似乎成為詩人相當關注的課題。於是乎，「去讀一則未來的歷史吧／那歷史宣示著／眾生終竟皆平等／那時候我們或許不必／更有任何追悔及懷念／在日子的落雨裡」，就成為了現世生命的祈求與盼望。但這裡頭其實散佈著對於過去已不再追，來世猶可能的最後探詢，正是對於現世人們崩解的信仰的引信，輕爆亦是傷痕累累。然而其中寫到對「歷史」的渴望，其實正顯示了人之微渺間的最後依宿。人之有限，但歷史無限，唯有寄託其中，才能使生命意向找到永恆的可能性。

從〈少年國軍〉到〈天橋老乞〉、〈探親〉等詩，詩人不僅僅只有講述社會上的「老兵」的遭遇，他從歷史變故的角度來探尋這一切，不論是〈少年國軍〉裡從軍的年少憧憬投射的哀愁，還是〈天橋老乞〉、〈野狗〉裡，已老的國軍將一生的流浪與離散揹在下半輩子的肩上，都非憑空而來的想像，那是戰地金門的詩人獨有且痛苦的「共鳴點」，將彼此生命所受的擺弄字句而出，試圖找到那股可以緩解孤獨、苦楚的微弱力量。

將黃克全相較歐陽柏燕在《燕尾與馬背的燦爛時光》裡刻畫金門的圖景與戰地記憶，張國治在《雪白的夜》、《憂鬱的極限》裡以一種「憶懷的姿態」投以他對金門的情感，黃克全似乎花了更多的氣力在「人」的故事之上，成為了金門籍的作家群裡，另一個特別的代表。這或許也可以印證於對黃克全來說，書寫老兵，不僅僅在於探索他們身處社會的邊緣性或政治態度，而是從歷史的不可預測與非理性，去看見人之無能為力的苦痛，在死亡的淵藪徘徊不

去，那不叫宿命，卻比無常更加難料，那看似故事的素材，卻比真實更難承受，但最後歷史依然融雜著這一切，說著其中的悲歡離合。

五、結語

金門籍詩人張國治曾如此說過：「作為一種風沙蕞爾海島孕育出來的個性，我想我們應具有更大的胸襟和骨氣。出生於世人眼中的『戰地』，我一直不願讓自己成長的那塊土地，予人永遠是官方刻板定位的模式，軍事表徵下的印象。」[114]很顯然地，張國治以為不論是詩人還是讀者，應更用心、用心去挖掘「戰地金門」之外的故事，但本文並非意指戰地金門的歷史不重要，而是認為在厚重的戰地之上，詩人們想要表達的課題，更是值得深究才是。因此以黃克全的詩作為研究對象，主要在於基於過去的研究多著重於黃克全的老兵與金門兩大課題，但仔細審視黃克全的創作歷程，可以發現他的關注點並非只專注於前兩者，也並非一開始就以老兵的課題為主，而是透過不同的形式、視角與關懷點，從個人存有的內在凝視轉向與他人的共鳴，再投入老兵的歷史境遇書寫。也因為如此，使黃克全的書寫，其偏向「存在主義」思維的能量，有著更個人化的對應點。

從《流自冬季血管的詩》的詩作中，看見的不僅僅只是《兩百個玩笑》中對於老兵的全然灌注，在《流自冬季血管的詩》當中，對於生命意向的探詢，以及印證他人生命歷程，作為自身反饋的書寫中，黃克全不斷地說著許多「人」的不同故事。這裡所謂的故

---

[114] 張國治，〈歲月，是永遠的鄉愁──自序〉，《家鄉在金門──鄉情手記》（臺北：耀文文化，1993），頁6。

事，不在於求取幸福結局的可能性，而是自己與他人生命相遇的花火，燦爛不及卻也姿態萬千，其中尤以俯拾即是的人間圖像、兩岸歷史動亂下的老兵們，皆無法以絢麗語言表述之，但其中難以言語的生命節奏、精神結構卻構築了詩人面向這個世界的堅毅態度，雖崎嶇不平也依然前進。

如果說黃克全的書寫，是為了抒緩生命過於孤獨的話，那麼其孤獨必然包含了生命觀、歷史觀的交互涉入，一如他以弟弟的早逝作為生命意向的探討點，以老兵回應歷史的非理性與不可預測性，都以超越個人生命經驗的方式向外不斷地延伸。如此一來，書寫能夠撫慰的不僅僅是黃克全自身，還有那被書寫者所交付的情感與動能，彷如被歷史隱匿的臉龐，正逐漸地明晰，而黃克全的現代詩書寫，驗證這旅程的艱辛，也吐露了生命傲然的姿勢，向歷史發聲的可能性，那不是終點，而是新的轉折處。

六、參考書目

（一）專書

張國治，《家鄉在金門——鄉情手記》（臺北：耀文文化，
　　1993）。

張國治，《雪白的夜》（臺北：詩之華出版社，1991）。

黃克全，《兩百個玩笑》（臺北市：爾雅，2006）。

黃克全，《時間懺悔錄》（臺北市：聯經，2003）。

黃克全，《流自冬季血管的詩》（桃園市：桃縣文化，1995）。

黃克全，《夜戲》（臺北：爾雅，1994）。

黃克全，《太人性的小鎮》（臺中市：晨星，1992）。

黃克全，《玻璃牙齒的狼》（臺中市：晨星，1986）。

歐陽柏燕，《燕尾與馬背的燦爛時光》（臺北：九歌，2008）。

Henz Kohut作，許豪沖譯，《自體的重建》（臺北市：心理，
　　2002）。

（二）期刊論文

張茂桂，〈臺灣歷史上的族群關係——談「身分認同政治」的幾
　　個問題〉，《講義彙編：臺灣史蹟研習會講義彙編》第85期
　　（1996.02），頁（4）1-（4）22。

陳明臺，〈根原的回歸與尋覓——臺灣現代詩人的鄉愁Ⅰ〉，《笠
　　詩刊》第111期（1982.10），頁21-25。

陳萬益，〈隨風飄零的蒲公英：臺灣散文的老兵思維〉，《Taiwan

Literature:English Translation Series》第5期（1999.06），頁101-114。

菩提，〈風貌凋零──試讀黃克全詩集《兩百個玩笑》〉，《文訊》第254期（2006.12），頁16-18。

黃克全，〈砲擊夜〉，《中外文學》第5卷第5期（1976.10），頁180。

楊孟珠，〈雙鄉視野與戰地記憶：黃克全的金門書寫〉，《金門學學術研討會》（金門縣金城鎮：金縣文化局，2008），頁139-157。

蔡鈺鑫，〈老兵作家代表：黃克全的「老兵不死（十首）」詩賞析〉，《金門文藝》第25期（2008.07），頁75-77。

謝鴻文，〈相忘於江湖──黃克全孤獨的文學修行之旅〉，《文訊》第266期（2007.12），頁47-52。

（三）碩博士論文

曾淑惠，《老兵文學研究》（臺北：華梵大學東方人文思想研究所碩士論文，2000）。

錢弘捷，《戰後臺灣小說中老兵書寫的離散思維》（臺南，國立成功大學臺灣文學研究所碩士論文，2005）。

（四）報刊雜誌

黃克全，〈老芋仔，我為你寫下〉，《聯合報》，1993.10.18，第35版。

原文〈歷史境域下的生命劇場：一種凝視人生的視角──以黃克全

〈流自冬季血管的詩》為探討範疇〉發表於國立臺北教育大學
（2009年8月29日），舉辦之第六屆臺灣文學研究生學術論文研
討會。

論林婉瑜《索愛練習》、林怡翠《被月光抓傷的背》的「存在」與「欲望」課題

摘要

1970年代出生的女詩人，企圖在都會和媒體的符碼脈絡中，創造新的詩語言，呈現出自我的深層意義，和複雜交織的內在心境。從臺中蘊生的詩人林婉瑜和林怡翠，以書寫承負著他們的「存在」和「欲望」。兩位女性作家，在浪漫和抒情的空間與美感經驗下，重新定義既定的生命節奏和情感需求，並藉以省思生活的可能缺口。兩人藉《被月光抓傷的背》和《索愛練習》詩集，突顯出個人存在受到都會、歷史、土地和愛情所面臨的語言翻轉。在追尋現代化的腳步，演變成他們多元的選擇之一。並由思想性的語言符號，和對生命的不同摸索、對藝術的執著、對哲學的思索，引發對「存在」的肯定。在「欲望」書寫方面，明顯帶有「欲望主體性」和「女性身體」的符碼對話。以現代詩形式的語言流動、構成意義上的結構完成。以意識中的內涵對女性處境的體認，發展對女性身體及情慾的觀點，從對自己更深一層的認識與覺知開始，展現自我的力量。兩位女詩人，以「詩」作為是心靈活動的符號表現，也提供了潛意識書寫下的另外出口。

關鍵字：存在、主體、自我、女性

一、前言

　　林婉瑜，1977年生，臺中市人，國立臺北藝術大學戲劇系畢。從戲劇系二年級開始寫作詩與劇本。曾獲青年文學獎、「詩路」2000年年度詩人獎等。作品曾入選《中華現代文學大系II：詩卷》、《年度詩選》、《現代詩》、《譯叢》（Renditions）等中外刊物，個人詩集有《索愛練習》等。

　　林怡翠，1976年，臺中人，臺灣大學中國文學系畢業，南華大學文學所碩士。作品以詩與小說為主，曾數次入選《年度詩選》，個人作品有小說集《公主與公主的一千零一夜》、《開房間》及詩集《被月光抓傷的背》等。

　　對於兩位1970年代出生的女性詩人，觸動詩語言的躁動與不安，躁動來自於文字工具遊戲性的使用，不安卻是自我／存在流動下的無法定義。對於詩人而言，不論是摹擬的虔誠信仰者，抑或是現實生活反映的書寫者，啟動了文字語言系統，卻不見得詮釋得了意義的辯證關係。事實上，文字語言間的流動性正是詩人正在介入並不斷延展的過程，卻也是詩人找尋「自我」意識的方式，藉以安置「主體」在社會、歷史空間中的窗口。

　　詩人以顛沛／穩健的各種文字語言形式，試圖在「詩人」與「詩」的聯結空隙中，擬出可以為人知解的世界。對此簡政珍有此看法：

　　　　人的存有在詩中可以毫不妥協地保存其完整性，詩所要觸及的就是詩人對自我的忠實。詩的世界無形中變成現實世界的

對立，因為現實生活是妥協的結果。……

詩在文字中創出新的世界，同時也摧毀了現實既有的世界。
現實既定的思維模式被打散，形象重新整合成不同的骨架，
現實所要因循的在詩的語言中瓦解。[115]

　　詩人嘗試書寫「現實」，但文字語言意義的流動，似乎只能
片面性地詮釋詩人與詩形成間所釋放的訊息，當「訊息」是被詮釋
及試圖探討時，詩人／詩就在被探討的意義中不斷地流動／變動，
而非詩人獨有的「意識」之完全展現；另一方面，「詩」被書寫並
形構成一個世界、一個結構體，當意義試圖附著於這個形成的結構
體時，並不影響結構體本身，只能暫時地改變詩的「型態」。因
此詩人／詩在不能被完全定義的情形下，可被知解的空間是「訊
息」，但訊息本身必須被指涉回一個可被詮釋的符號，這個可被詮
釋的符號，對於讀者而言，既是身體的情欲自主，也可以是國族認
同論述的力量，致使訊息被視為「詩人／詩」之外的多種輻射意指
（signified），也覆含了「詩人／詩」所統稱的意符（signifier）的集
合力量。
　　但即便無限的指涉，依然需有基點做為出發，因而透過尋找
詩人的「自我」概念，藉此產生穩定安置主體空間的可能性。當自
我意識不斷地擴張，主體介入並且擁有的空間也愈顯擴大，對於探
尋詩人在社會／歷史中的位置，其實是相當重要。放回1970年代出
生詩人的書寫脈絡，也就是找尋書寫中所釋放的訊息中得以看見／

---

[115] 簡政珍，〈詩是最危險的持有物〉，《詩心與詩學》（臺北市：書林，1999），頁
44-45。

被看見的自我，以及這樣的自我在訊息解讀中對生命的探索。故本文將藉由女性詩人林婉瑜的《索愛練習》、林怡翠的《被月光抓傷的背》，針對存在／自我的書寫，以及對身體／記憶的相關討論，試圖詮釋詩人在書寫過程中所釋放的訊息，以及知解詩人對於「自我」及追尋「主體」的可能性。

二、主體的重構

「主體」對女性詩人而言，是被依存的，抑或是個別性的被突顯？對於女性詩人而言，自我的「意識」在可見的部分被傳統社會詮釋的「意義」所取代，相對地，「主體」的性別更加趨向於性別的抉擇甚至是鞏固以男性為主的位置意義。

直至社會氛圍及女性自主思潮的改變，逐漸地對舊有的「主體」詮釋產生裂解的作用，「自我」意識詮釋權得以重回女性詩人的書寫，如李元貞所言：「臺灣現代女詩人們雖非有意地在詩作中追求女性的自由，卻有不少作品女性受限制的自我發生質疑與不滿，為渴慕自由而產生『主體掙扎』的現象，……」[116]所謂的「掙扎」是一種對過去傳統社會、歷史位置中缺席的落差，也是女性自我意識重新詮釋的翻動所致，因為詩被女性詩人做為書寫自我、書寫女性的生活的語言，等於對過去性別結構中大敘述框架的干擾作用，促使女性詩以書寫重新意識自我與主體的重構。

女性詩人在社會氛圍的轉變中找到社會性的主體時，同時伴隨尋覓心理意識性的「自我」話語，期以看見／被看見心理與社會詮

---

[116] 李元貞，〈臺灣現代女詩人的自我觀〉，《女性詩學》（臺北市：女書文化，2000），頁19。

釋的對應性。例如：

〈仕女圖〉

（前略）

我不是死掉，只是有些顏色逐漸淡掉／在你高喊女人閉嘴的夜裡／被禁足成牆上那幅仕女圖／你不再為我餵食容易上火的甜言蜜語／我也抓不住床前的竹簾好不容易／撈起的幾條星光

於是，我流失的不只是一部午夜場的成人電影或是／被天空拋擲出的幾隻灰鴿子，落入「家」的籃框／我開始垂掛黑，而梳理白／筆觸顫抖的地方，是偶爾想起了愛情

在宣紙的邊緣，昨日的破裂追上／今日的破裂／你企圖為我裝上新的畫軸
有一些過長的悲傷卻老是／捲不起來[117]

「仕女圖」做為女性的符號表徵，是藝術化的凝視對象，「仕女」擁有的美麗是被定義和「禁足」的，而「家」／「愛情」在「你」介入下，是被男性賦予的，卻也成為沒有女性聲音的景域，一如「在你高喊女人閉嘴的夜裡」，女性的「自我」是被男性的話

---

[117] 林怡翠，《被月光抓傷的背》（臺北市：麥田，2002），頁78-79。

語詮釋取代。

　　但林怡翠還是試圖在女性的獨白話語中，找到微弱的自我：「我不是死掉，只是有些顏色逐漸淡掉」，對於一個女性來說，如何填滿豐富色彩竟顯得格外困難，愛情不再「餵食容易上火的甜言蜜語」，色彩的凋零似乎難以補上，即使「企圖為我裝上新的畫軸」，卻也「捲不起來」。仕女並未死掉，只是「你」的介入，女性被局限著，只能走入愛情、走入家庭，卻在途中斑駁「自我」色彩。仕女無法在社會、歷史下為自己補容，無法挽救早已渺小的自我「破裂」。

　　當仕女被鎖進了「房間」，是鋼牢也是心靈的乾涸，仕女主體位置是固定的，固定在家庭中的某個角落的身影，探看天空／心理的黑白交錯，一如「黑暗便開始一絲絲地紡進我的房間裡」，紡著「傳統」的織布，紡著對愛情的幻想，直至用盡「自我」所有色彩以求換來紡著絲／思的可能構圖。以影像的象徵書寫，似乎喻含著女性的被決定性，也敘明了傳統價值中男／女的結構。因此找尋「自我」書寫下的景象反而成為另一種看見／被看見的方式，如：

　　〈影子留言〉
　　你好嗎，影子先生／腦子黑黑的那部分在想些什麼哩／整天跟著我，你不累嗎／睡覺時翻身，會不會壓到你勒

　　（中略）

　　當我不再年輕／我同樣地不被瞭解，同樣孤僻／這麼說來，

> 你就是我最要好的朋友了／這是我，孤獨者的宿命／我想擁
> 抱你／伸出十指，卻觸碰到堅硬的地面／影子先生／我行走
> 的，是你正要回家的路／我們步伐一致／往後，還會像這樣
> 一直相伴下去噢／你高興嗎／你不高興嗎／什麼都看不出來
> ／也許／我應該跳起來一下吧／這樣，你就會暫時自由一
> 下了[118]

　　看似簡單描寫「影子」的形象，以及我／影子間相處。若把我／影子視為女性／自我間的獨白式對話，則有相當特殊的意象。詩人筆下的「我」經歷了「不再年輕／同樣地不被瞭解，同樣孤僻」，自我是孤獨的存在，但透過找到你／影子這個說話的對象，得以共同面對與分享「我」的心理。影子是跟隨在「我」，卻從來離不開我，於是賦予影子「你」的意象，成為映射中的另一個我，並重新藉由我凝視「你」。

　　凝視的反映，並以詩作銘記存在，凝視／對話正是自我意識的開口，並得以直視心理之我，因而我／影子期望能「像這樣一直相伴下去」。如何看見／被看主體的身分，成為這首詩中以獨白性的詢問反覆地探尋的思考。在林婉瑜另一首〈嫌犯〉[119]也出現類似景象，詩一開始寫著：「好吧我承認／雪地裡你們一再求證的／全部都是我一個人的足跡」，女性詩人的「足跡」遺留在雪地中，留下很多種的身分想像，但唯有詩人親自告訴大家「全部都是我一個人的足跡」時，才撕劃了許多人的猜測，也離析了女性角色的模糊性，唯有女性重構自我在社會性的主體位置時，才能裂解傳統單一

---

[118] 林婉瑜，《索愛練習》（臺北市：爾雅，2001），頁84-86。
[119] 林婉瑜，《索愛練習》（臺北市：爾雅，2001），頁111-112。

性別的詮釋空間。

　　1970年代出生的兩位詩人，雖然不完全受過去傳統男性社會的束縛，得以用新的視角找尋女性的自我／主體的心理／社會位置，但不全然看見意識／意義間的詮釋關係。唯有詩人發現自我的深層意識，才能有方法與力量詮釋女性在社會結構中的位置，並藉由裂解男性的單一詮釋權，重構屬於女性身體／記憶的主體性。

三、身體的覺醒

　　女性主體重構過程中，是男性社會的裂解與女性欲望／身體在男性想像下的翻動，「身體」做為一個心理層次外的符號，其實是極為特殊且外顯性的。過去女性身體作為男性社會想像下的「他者」時，「身體他者」既被想像也被形塑，女性的心理／身體更被男性製定／裝飾，若以西蒙・波娃（Simone de Beauvoir）的「第二性」觀點闡釋，在男性為中心的主流社會結構中，女性既缺乏權力也缺乏自由。[120]

　　過去以佛洛依德（Freud）為主的陽具中心主義，深深地影響了女性主義反動興起的過程，女性的主體位置既被男性詮釋也喪失自我意識的展現，一如李元貞言：「在父權社會生活已久的女人是不會懷疑自己的女性身分的，這種以生理差異而形成的男女有別的觀念與社會結構，雖然常令女人怨嘆卻不會認為不公不義，更不易形成婦運者所強調的『女性身分』（女人與女人的集體認

---

[120] 李元貞，〈女性詩學與女性詩選的發現〉，《婦女與兩性研究通訊》第59期（2001.06），頁11。

同）。」[121]然而女性身體的覺醒既反動於社會，也脫出於欲望的自主掌握。當社會性的男性意識，並以此定義女性成為男性想像的意義個體時，對女性而言，如何喚醒自我意識的實踐的第一步便是突破身體被禁錮的詮釋，也就是破除父權社會針對女體的傳統觀念，[122]而女性詩人也藉以表達身體話語的自主，如：

〈給你〉

給你我的耳朵／讓你俯聽音樂／給你我的感覺／讓你找到光／給你我的嘴唇／讓你仔細唶嗑／給你我貞操帶的鑰匙／讓你把它投入河中

給你這些／給你那些／最後／我變得太輕／被風吹起／再緩緩地墜毀[123]

你／我在這首詩並沒有固定的對象，反覆吞嚼的你／我，成為詩人的內心對話，我賜予你擁有一切，你將得到越真切的我。因而你／我都不純然有固定指涉，「我」給「你」的「耳朵」、「嘴唇」表達出身體欲望的轉移，隨著意識下的我／你的流動，你擁有了重量，而我卻「變得太輕」。但「你」不全然為社會結構中的男性，或許是一個被想像的個體，而「給你我貞操帶的鑰匙」是身體欲望的交付，也可能是「自我」意識和傳統社會定義的「女性」身

---

[121] 李元貞，〈為誰寫詩？——論臺灣現代女詩人詩中的女性身分〉，《女性詩學》（臺北市：女書文化，2000），頁123。

[122] 鍾玲，〈美國女詩人對生理現象與性經驗之詮釋〉，《中外文學》第25卷第3期（1996.08），頁103。

[123] 林婉瑜，《索愛練習》（臺北市：爾雅，2001），頁101-102。

分的脫落。藉由你／我意義的流動，「自我」重覓尋重構詮釋下的「主體」，男性／傳統社會下的「我」，在重構的過程被離棄、毀滅以求換取新的「自我」。也因為新的自我的發現，欲望的自主隨著「貞操帶的鑰匙／把它投入河中」，枷鎖的脫解是社會、歷史中的性別的脫出，也是表達自我意識時的可能出口。

對於身體的交付展現，在林婉瑜〈戴上〉可略見端倪：

〈戴上〉
戴上它戴上／戴上胸罩／讓雙乳安靜地睡眠／（俯貼於金黃色胸壁／起伏呼吸／我祕密的愛人）

有一天／鋼圈裡形變的脂球將獲得釋放／兩隻讚美的眼睛／帶來報償

廣告打得凶猛的x牌胸罩／啣住夏天所有乳房／一口一隻[124]

身體話語的表達，在父權社會的壓迫下是由男性主掌，在女性重新詮釋男／女互動關係時，身體特徵的展現也成為女詩人的書寫策略之一。「胸罩」是束縛／美麗的象徵，女性可以選擇戴上／不戴上，自主性的身體是女性可以掌握的，乳房既為女性的性別象徵，詩人以戴上胸罩「讓雙乳安靜地睡眠」，顯示過去「乳房」接受胸罩背後所驅動的力量。但胸罩下蓄積的能量，將在「兩隻讚美的眼睛」下重新展現，「眼睛」是男性的渴望，也可以是小孩的母

---

[124] 林婉瑜，《索愛練習》（臺北市：爾雅，2001），頁99-100。

愛，也可以是社會結構下的大眾／媒體的形塑想像。身體是女性自我意識的一部分，也如「我祕密的愛人」一樣，彼此依存不分，女性的身體女性最懂，女性的身體該住著女性的祕密，以及住著祕密的「女人」，住著另一個不為人知的虛構個體，那是男人無法感受的世界，唯有女性才知道自己的感覺，而女性由此建立的主體性自是不假外求。[125]

　　女性的主體位置的重構，既仰賴自我意識，也仰賴身體的實踐性，透過書寫身體、展現身體並自己定義身體，才能與心理性的自我結合。女／男在歷史／社會中的競合關係，唯有詮釋權真正回歸女性之後，女性詩人才能釋放更多「訊息」，使女性書寫在詩人／詩間的聯繫更為完整。

四、生命──消逝的旅程

　　生命與世界交集誕生的意識，是幸運卻也悲慘。書寫提供「訊息」，作為詩人／詩間的聯繫，便貼緣於解讀「存在」的力量。「自我」是一種在文字語言所詮釋的對象，也是意識的依歸，但意識的賦予卻來自意外。所謂的意外是因為「存在」的發生，使得意識隨著「存在」本身出現，「自我」因此得面對死亡的到來，面對事物消逝的可能。對此簡政珍提出這樣的看法：

> 　　存在是一種「不得不」的狀況。人沒有拒絕被生下來的權
> 　利。存有在生的一剎那即感知有「他」的存在，有一個「世

---

[125] 孟樊，《臺灣後現代詩的理論與實際》（臺北市：揚智文化，2003），頁139。

界」包容了這個我，但也似乎隨時要將這個「我」吞食。對「他」及外在的世界是存有宿命的感知。……自我並非藉逃避而存在，相反的，只有自我「墜入」或「投入」外在的世界，人才有真正的存在。……[126]

　　這種接引哲學的存在觀，其實透露了人來到這個世界／空間的焦慮。生命是場現實生活的舞臺，既看見了舞臺下死神的召喚吶喊，「自我」因而詠嘆生命之曲。只有將自我與生命做統一的聯繫及不斷投入這個世界／空間，才能使「存在」的意義不致於崩解並審視「存在」本質，而詩人憑藉的方式便是經由凝視貼近於死亡的消逝景象。如：

〈無題〉

即使所謂的青春／所謂青春／都已經被我們消耗殆盡／我仍然記得／謹慎萬分、還打草稿的情書／鉛筆寫的交換日記／被我們虛晃掉的整個夏天／踏上哼唱的歌

剩下的人生／我將溫習這些／如同吮食殘存的蜜活著[127]

　　雖然這是首追憶青春歲月中對於青澀感情的回憶，但「青春」成為生命歷程的描述，對於詩人而言，「青春」是詩人無法再度返回感知的進行式，卻是人生的中繼站所憶及的歷程，一個無法逆轉的過程逐漸被「消耗殆盡」。因為「青春」即代表著最短暫的

---

[126] 簡政珍，〈詩的生命感〉，《詩心與詩學》（臺北市：書林，1999），頁167。
[127] 林婉瑜，《索愛練習》（臺北市：爾雅，2001），頁13-14。

體驗。詩人憶及甜蜜的過往，是來自於「存在」，卻也因為「存在」，使得死亡的壓迫始終緊依，於是人們無法追求更多的「青春」。基於此，詩人不斷地透露「訊息」，並以文字語言可能凝縮的意義，試圖撫慰心靈上的空缺。這是對生命有限的尊重，使每一瞬間的記憶厚實，使每一個字都是瞬間的狂喜。[128]對於生命歷程的感悟來詮釋「自我」意識的生命流動。否則消逝的路，詩人將無以附存，在林婉瑜的另一首詩作，也有對生命的不同審視：

〈我想有一個娃娃〉

我想有一個娃娃／真的、有肉的那一種／他會做什麼呢？／咬著我的奶頭不放／睡很久很久／久到我必須試探他的鼻息確定他還活著／大綠色的便／長牙齒的時候一直流口水／總之　無論如何／我想有一個娃娃／是鵜鶘啣來的也沒關係／有點像我就好了

因為發現生命裡最精彩的時間已經過去了／只能懷念了／沒有什麼可以浪費了／沒辦法常常熬夜了／開始對禪宗有興趣／腰變粗了／不再想減肥了／隨他去了／我已經不像我希望的那個我／所以　請給我一個娃娃吧／讓他再演練一次追不回的人生[129]

詩人以女性欲望展現的再生結構的指涉，並「因為發現生命裡最精彩的時間已經過去了」，所以她需要一個「娃娃」、一個複

---

[128] 簡政珍，〈詩的生命感〉，《詩心與詩學》，頁170。
[129] 林婉瑜，《索愛練習》（臺北市：爾雅，2001），頁103-104。

製品，她期望「娃娃」的到來，無關乎身體欲望的展演，只因感知「沒有什麼可以浪費了」。對詩人而言，詩所創造的時間歷程似乎追趕過生命的體驗，追尋隱喻重生的「自我」，要「再演練一次追不回的人生」，只是對於肉體再生的可能，詩人意識到「我」的逝去，一如「我已經不像我希望的那個我」——那個最原點的「我」，只好渴求新生命的到來。因為當詩人感知焦慮、痛苦、和死是存在的基本現象時，總以不同形式延續生命，[130]而詩則成為了詩人延續生命的「娃娃」，以反求自我生命消逝部分的救贖。

　　相對林婉瑜，林怡翠以「死亡」作為書寫的出發點：

　　〈天堂憂泣〉

　　1
　　妳在病床上獨自行走
　　窗縫裁剪著風
　　桂花樹正抖落滿身的黃昏
　　我鼓起腮幫在妳揮別的昨日裡佔好位子
　　用來盛裝秋天的瓶子已經滿了
　　所有的花
　　相約在那一刻裡死去
　　妳是笑得最蒼老的一朵

　　我再也分不清夜裡抱著入眠的
　　究竟是誰的影子

---

[130] 簡政珍，〈詩的生命感〉，《詩心與詩學》，頁169。

4

歲月踮腳在煙屁股的小火光上

一列灰燼翻飛而去

我撕破了一張粗韌的黑暗

露出天使閃著光的牙齒

咬著妳蒼白的忌日。

我用一直沒聽懂的咒語來護送妳遠去

妳在霧裡霧外走著。

當淚水悄悄滴落成崩碎的天堂

妳，站得比眾神更遠……[131]

　　生命裸露袒裎，暴身於死將帶來的摧折，作品將記下心靈中的
轉移，將時間性的生命轉化為空間性的文字，以試圖獲得生死邊緣
擠壓的喘息。[132]時間的流逝，從來不是誰能掌握，對於瀕死之人更
為奢侈之求。當可以憶及「昨日」，則代表個體對時間的占有，只
是時間的占有從來不曾靜止，反隨「我鼓起腮幫在妳揮別的昨日裡
佔好位子」一般，曾被填滿卻依與今日相離而去，而「妳」步入消
逝，朝死亡／消逝而去。

　　以書寫析透存在的本質，以自我覺察死亡的懼影，因此詩人必
須經由詮釋，不斷延伸即將消逝的旅程，並賦予死亡不同的意義。
他們不以年齡為界限，以自我覺察生命並體會「消逝／存在」的不
可逆轉性。詩人以自我意識突破男性社會結構的框架，找尋社會意

---

[131] 林怡翠，《被月光抓傷的背》（臺北市：麥田，2002），頁112-117。
[132] 簡政珍，〈瀕死的寫作和閱讀〉，《詩心與詩學》（臺北市：書林，1999），頁
　　159。

義下的「主體」之外，也必須以自我意識尋覓生命的「主體」。因此詩人的存有觀，既不對應於年齡，也不存於他人的賦予定義，是因為自我意識的實踐性，如同女性重掌男性社會下的詮釋權一樣，詩人不斷地對存在／生命進行詮釋，以反求自我意識的建構的完整性。

五、記憶的歷史・歷史的記憶

如果死亡為不可逆轉之事實，如何介入歷史變遷，似乎就成為身體／記憶做為歷史參與的切割點。詩人無以預測未來，又怎麼參與自身生命之外的過去，尤其以詩的書寫做為介入的可能。詩人感應的「存在」貼緣著生活／生命歷程，卻不能無限地跨越空間／時間而毫無阻隔，尤其面對於歷史事件更顯特別且複雜不易，例如林怡翠的〈被月光抓傷的背〉的組詩1和3：

〈被月光抓傷的背〉──寫給帶著「慰安婦」傷痛活著的臺灣阿嬤
1
天已被焚化，灰燼是無處攀爬的／螻蟻，我們馱伏著沉重過自己數倍的命運／那是流蘇花還飄飛滿天／怎麼會就下了一場大火？

食物都吃完了／戰爭獨自燻烤著美味的城鎮／一個嗝，噴翻無數條人命／我的阿爸，阿母你們飛去哪裡？／男人找著左邊的肘骨和右邊的踝／女人找的卻是，船向南洋時／沒入遠煙的十六歲／那時幸與不幸，距離是一個炮火乍響的／七

月。七月／神和鬼都頓時愛哭起來。／是誰弄濕了一雙再沒
有乾過的眼睛？

反正青春也好老去也好／路，總是朝著死亡那一邊傾斜

3
一顆子彈穿過我的下體／竟像一片枯葉輕輕地飛過庭院／我
已忘卻的疼痛如一排一排的落花／不知黏在哪一雙軍靴跟
底，一步／踩爛一個少女的春天

今天做愛，明天埋葬的日本男人／在我張開大腿時哭了，我
沒有憂傷／身邊躺著今天第二十七號客人／蝨子跳上那具被
月光抓傷的背。[133]

　　組詩原有六首，內容是透過「慰安婦」的角色，敘述歷史事件
中的二次大戰中，日本強徵女性做「慰安婦」。當少女的身體被日
本軍人踩躪，等到戰爭結束回到家鄉，前來迎接她的卻是羞辱與不
堪的耳語眼神。這首詩表達一個女性身處戰爭下所織羅的「黑暗的
深淵」，事實上呈現出「慰安婦」無以抹滅的傷痕。[134]
　　跨越歷史／詩的書寫形態，「女性」角色的介入雖然找到女
性／歷史交集下的位置，然這種特殊的位置，若非身體／記憶的雙
重共感，又如何能夠喚起讀者的深層意義。楊宗翰說：「面對這

---

[133] 林怡翠，《被月光抓傷的背》（臺北市：麥田，2002），頁71-76。
[134] 楊宗翰，〈『崛起』中的七字頭後期女詩人──以林婉瑜、林怡翠、楊佳嫻為
　　例〉，《創世紀詩雜誌》137期（2003.12），，頁159。

類歷史題材行詩歌書的文本時，必須注意一點：僅有詩／文學的豐沛想像力並不足以成事；精準的語言更是詩人要面對歷史事件（historical events）進行Hayden White所謂情節編織（emplotment）時的重要工具。」雖然海登・懷特（Hayden White）提出歷史與文學虛構的類同性[135]，並強調對於歷史／文學之間織構的可能性，但詩人所參與的書寫，並不全然為歷史織構。

如果詩人不進入歷史／詩的交集織構中，又如何引起讀者與詩人相同的共感結構，唯可尋的脈絡為「自我」意識的詮釋。女性重新掌握了意義的詮釋權，除裂解社會性的「男性主體」，更找到心理性的「自我」與社會性的「女性主體」。對於詩人來說，共有的「存在」經驗以及掌握了自我意識的意義詮釋，使得詩人的書寫得以穿透歷史／女性的兩種視角，並可能性地貼近於「角色／場景」設定。

「慰安婦」作為歷史／女性的見證者，以生命記憶的存在告知歷史的場景，以身體控訴女性受迫害的吶喊。林怡翠以共為生命的存在被告知「戰爭」的發生，並知解「反正青春也好老去也好／路，總是朝著死亡那一邊傾斜」。再透過身為女性「自我」意識的詮釋，把「一顆子彈穿過我的下體」的隱喻，結合「今天做愛，明天埋葬的日本男人」中對男性主體的控訴，重新詮釋女性力量的意義。書寫過去歷史的記憶，是基於詩人以「意識」啟動了對於歷史的看法，雖共為「存在」的歷時之河，卻非共時之流。

相對於〈被月光抓傷的背〉的非參與性，林婉瑜之〈蛇〉則以身體／記憶參書寫：

---

[135] Georg G. Iggers著，楊豫譯，《二十世紀的史學》，（臺北市：昭明，2003），頁185。

〈蛇〉

並非刻意要流浪，而是
被長年的鄉愁放逐
故鄉的街道
遺失了故鄉的記憶

在我曾路經千次百次的木材工廠
機械踏出數不清的腳步聲
沿著工業行進的協奏，我來到
剛剛收穫的蔗田
在這裡
我曾經弄丟一隻鞋
並獲得左腳
蛇的齒痕

（中略）

田裡的那尾蛇已經長大
我竄入牠撥開的腹腔
請求牠帶我去囤積了笑聲
與古老歌謠的貨倉
在一片非常荒瘠
揚起沙塵的漠裡
蛇沒說什麼
只靜靜停了下來

示意我出去
「但是
我所要尋找的……」
彷彿還聞到刨成碎片後
木材的香味
「而我其實要到達的……」
我望著鞋尖與
手中的單程票
蛇的足跡非常沉默[136]

　　「我」隱喻著詩人，而蛇指涉身體和心理的「記憶」。蛇是記憶中的「木材工廠」、「蔗田」，因為蛇／我在相同的環境成長，從鄉村／都會的發展，到田野／工業的改變，當「我」離開「鄉」時，那條蛇從活躍到了沉默，呈現出記憶翻動後的靜默。「我」尋找記憶，而記憶吞食了「我」，過去的生活成為記憶，竟也成為歷史的一部分，編構出詩人「所要尋找／所要到達」的畫面。
　　林婉瑜對身體／記憶的召喚，與林怡翠跨越時間／空間的書寫不同處在於「重疊性」與否。「存在」本質對於時間是敏感的，經由身體／記憶的力量，使自我意識因親身經歷，更貼近於「自我」本身，在知解訊息上更能接近詩人的意識。但對於林怡翠書寫〈被月光抓傷的背〉而言，是呼應存在／女性的本質，然而缺乏親身經歷的「重疊性」，所以林怡翠的自我意識是相對於詩中的「慰安婦」而獨立。換句話說，兩位詩人都以自我意識的啟動，書寫關於

---

[136] 林婉瑜，《索愛練習》（臺北市：爾雅，2001），頁3-6。

「歷史／記憶」[137]，然缺乏身體經驗介入的「重疊性」下，致使意義的詮釋與意識產生不一的落差。但不是說著詩人的詩失去了真正的意識，而是說非親身經歷的書寫，對於讀者介入詮釋的空間將產生一定的影響，使解讀文本意義時更為歧異。

詩人以歷史做為文本的敘事題材，試圖貼近歷史情節的各種場景設定，林怡翠的〈被月光抓傷的背〉，以生命／女性的雙重共感結構做為書寫的啟端，但對於詩人本身的意識的知解，似乎是有相當的距離，因為文本角色與詩人本身若不存有「重疊性」的特性，則難以敘明這是詩人的自我意識，或許說這是對歷史感應的重現，而不屬於現存之我的重現。而林婉瑜以身體／記憶書寫的〈蛇〉，擁有較多文本角色與詩人本身的「重疊性」，才能體會出詩人現存的自我意識的意義詮釋。林怡翠的〈被月光抓傷的背〉一詩可說是「歷史的記憶」的書寫，而林婉瑜則表現出對「記憶的歷史」的另一種態度。

六、結論

詩依舊被書寫，依舊有詩人／語言的不斷翻動，1970年代出生的女性詩人，以語言找到個體，但究竟是意識／意義的何種詮釋竟難以突顯，唯有探尋「自我」的本質，穿越身體／記憶的體驗，裂解男性社會結構的父權思想，才能找到社會性的「主體」。

但是該如何承續並重構心理／社會性的主體？當「存在」已有

---

[137] 這裡談論的歷史／記憶／身體三者做為書寫經驗的方式，並不純然是以「材料」做為情節的織構，而只是以詩人對文本敘述的事件本身的實際參與與否，參與成份越高則成為文中所指的「重疊性」越高，並越貼近於詩人自我部分。

其不可逆轉性時，參與時間／空間交織的實際世界的方法，唯有端賴於對生命的審視析透。換句話說，存在衍生心理性自我，但對應於社會性自我時，必須找尋主體的位置以求對應性。以女性而言，過去以男性為主的社會結構中，女性的自我意識是被男性的意義所詮釋的，因而女性的主體是隱藏未顯，擁有的主體是男性定義下的「他者個體」。而今經由社會氛圍和女性主義思潮帶來的裂解力量，使女性得以將詮釋權收回，讓主體話語重新回歸女性本身，並得以結合存在本質下的真實「自我」。

　　對於女性詩人林怡翠、林婉瑜而言，以身體／記憶做為聯繫存在本質的可能，以身體／記憶的不斷展延及參與，及欲望／女性話語自主的實踐，成為穩定「自我意識」的心理性／社會社／哲學性「主體」的聯結力量。詩人的「自我意識」，經由身體／記憶對欲望／話語的實踐性，獲得一個「主體」所擁有的位置與參與這個世界的可能，或許這也是詩人在文字語言符號的無限漂移指涉外，對生命、對社會／歷史變遷思索的另一個面向。

七、參考書目

（一）專書

Georg G. Iggers著，楊豫譯，《二十世紀的史學》，（臺北市：昭明，2003）。

Toril Moi著，《性別／文本政治：女性主義女學理論》，陳潔詩譯，（臺北縣板橋市：駱駝，1995）。

吳思敬，《詩歌鑑賞心理》（臺北市：揚智文化，2004）。

李元貞，《女性詩學》（臺北市：女書文化，2000）。

亞里斯多德（Aristotelês）著，《詩學》，陳中梅譯注，（臺北市：臺灣商務，2001）。

孟樊，《臺灣後現代詩的理論與實際》（臺北市：揚智文化，2003）。

林怡翠，《被月光抓傷的背》（臺北市：麥田，2002）。

林婉瑜，《索愛練習》（臺北市：爾雅，2001）。

陳義芝，《從半裸到全開──臺灣戰後世代女詩人的性別意識》（臺北市：臺灣學生，1999）。

簡玫珍，《詩心與詩學》（臺北市：書林，1999）。

（二）期刊論文

李元貞，〈女性詩學與女性詩選的發現〉，《婦女與兩性研究通訊》第59期（2001.06），頁10-12。

楊宗翰，〈『崛起』中的七字頭後期女詩人──以林婉瑜、林怡

翠、楊佳嫻為例〉，《創世紀詩雜誌》137期（2003.12），頁
153-163。

鍾玲，〈美國女詩人對生理現象與性經驗之詮釋〉，《中外文學》
第25卷第3期（1996.08），頁102-122。

原文〈新世代的「存在」與「欲望」──以詩人林婉瑜、林怡翠的
書寫為例〉發表於國立中興大學（2005年9月23日），舉辦之臺中
學研討會──文采風流。

【附錄】
陳鴻逸詩學年表

1979 12月出生於屏東。

2003 4月，於《屏東文化生活》第6卷第2期發表〈現代主義的先
　　　驅──風車詩社〉。

2005 9月，於國立中興大學舉辦「臺中學研討會──文采風流」
　　　發表〈新世代的「存在」與「欲望」──以詩人林婉瑜、林
　　　怡翠的書寫為例〉。

2006 6月，於高苑科技大學舉辦「南臺灣文化與歷史學術研討
　　　會」發表〈秋近‧愁臨‧悲曲──從心理分析觀點談楊華詩
　　　作〉。

2006 以〈記憶‧事件‧時間──從《想念族人》論瓦歷斯‧諾幹
　　　的歷史敘事〉一文，獲中興大學舉辦第二十三屆中興湖文學
　　　獎文學評論類第三名。

2007 以〈尋覓身體觀與生命觀──從顏艾琳的《他方》談自我的
　　　敘事書寫〉一文，獲中興大學舉辦第二十四屆中興湖文學獎
　　　文學評論類佳作。

2007 7月，自國立中興大學臺灣文學研究所畢業。

2009 6月，以〈軍之例與君之史：歷史圖像下的老兵書寫－以黃
　　　克全的《兩百個玩笑》為主要探討範疇〉一文，獲中興大學

舉辦第二十六屆中興湖文學獎文學評論類第二名；以〈被白色漆印的一頁詩史——曹開〉一文，獲中興大學舉辦第二十六屆中興湖文學獎報導文學類佳作。

2009　8月，於國立臺北教育大學舉辦「第六屆臺灣文學研究生學術論文研討會」發表〈歷史境域下的生命劇場：一種凝視人生的視角——以黃克全的《流自冬季血管的詩》為探討範疇〉。

2009　10月，於國立臺中教育大學舉辦「2009後浪詩社與臺灣現代詩學術研討會」發表〈前衛之「前」？後浪之「後」？試探蘇紹連詩作的書寫表現與語言論題－－以《後浪詩刊》、《詩人季刊》為主要探討範疇〉。

2009　11月，於國立臺中教育大學舉辦「搜主意─國語文創新教學研討會」發表〈Face (your) book 與做個「無名」的讀者：論網路文本下的現代詩教學與辯證思考〉。

2010　〈體育館〉、〈父親節〉、〈夜夢〉三首詩，獲彰化師範大學舉辦第十六屆白沙文學獎現代詩類第三名。

2011　10月，於中國徐州舉辦「兩岸四地語言與文化現象國際學術研討會－向陽詩歌研討會」發表〈「騷」與「體」：試論向陽《亂》的歷史技喻與文化圖像〉。

2011　10月，於高雄海洋科技大學舉辦「2011第七屆海洋文化國際學術研討會」發表〈詩語・軍人・國度：流體的生命視角——以汪啟疆的《臺灣海峽與稻穀之舞》為主要探討範疇〉。

2012　5月，於南華大學舉辦「第六屆全國研究生文學社會學研討會發表〈論歐陽柏燕《燕尾與馬背的燦爛時光》中的戰爭刻痕與歷史圖像〉。

2015　7月，自國立彰化師範大學國文學系博士班畢業。

2016　5月，於仁德醫護管理專科學校舉辦「2016客家文化與課程創意思考研討會」發表〈複構與譯轉：試論客籍現代詩人的歷史語式〉。

2017　5月，於國立海洋科技大學舉辦「2017海洋文化國際學術研討」發表〈海洋、城市與文本：論基隆現代詩人的景域書寫〉。

2017　6月，於真理大學舉辦「105學年度教學實務研究成果發表會」發表〈詩與動畫的情感教學雙重奏──以「蝴蝶夢」為詮釋對象〉。

2018　9月，於「在現實的裂縫萌芽：岩上學術研討會」發表〈詩與散文的遞延互涉：論岩上《綠意》的詩性語言造異〉。

2018　12月，於東吳大學舉辦「現代截句詩學研討會」發表〈試論截句詩的意象構成〉。

2019　5月，於國立彰化師範大學舉辦「第28屆詩學會議──『詩歌與海洋』學術研討會暨海洋與文學座談會」發表〈何以定錨？座標構成？試論鄭愁予詩歌中的海洋質素〉

2019　6月，於德明財經科大學舉辦「2019中文閱讀書寫課程教學學術研討會」，發表〈詩意書寫的童真仿做再製──以然靈作品為教學活動示例〉。

秀威經典　　　　　語言文學類　PG2664　臺灣詩學論叢21

海洋‧歷史與生命凝視

作　　者/陳鴻逸
論叢主編/李瑞騰
責任編輯/石書豪
圖文排版/陳彥妏
封面設計/蔡瑋筠

出版策劃/秀威經典
發行人/宋政坤
法律顧問/毛國樑　律師
印製發行/秀威資訊科技股份有限公司
　　　　　114台北市內湖區瑞光路76巷65號1樓
　　　　　電話：+886-2-2796-3638　傳真：+886-2-2796-1377
　　　　　http://www.showwe.com.tw
劃撥帳號/19563868　戶名：秀威資訊科技股份有限公司
　　　　　讀者服務信箱：service@showwe.com.tw
展售門市/國家書店（松江門市）
　　　　　104台北市中山區松江路209號1樓
　　　　　電話：+886-2-2518-0207　傳真：+886-2-2518-0778
網路訂購/秀威網路書店：https://store.showwe.tw
　　　　　國家網路書店：https://www.govbooks.com.tw

2021年12月　BOD一版
定價：220元
版權所有　翻印必究
本書如有缺頁、破損或裝訂錯誤，請寄回更換

讀者回函卡

國家圖書館出版品預行編目

海洋.歷史與生命凝視 / 陳鴻逸作. -- 一版. --
　臺北市：秀威經典, 2021.12
　　　面；　　公分. -- (語言文學類；PG2664)
(臺灣詩學論叢；21)
　　BOD版
　　ISBN 978-986-99386-9-3(平裝)

　1.臺灣詩 2.新詩 3.詩評

863.21　　　　　　　　　　　110018115